주디 홉스는 주토피아 경찰국에 합류한
최초의 토끼다.

주디는 경찰관으로서 첫날을 시작하기를 학수고대하고 있다.
자신이 다른 동물보다 **더 작다는 것**은 전혀 문제가 되지 않는다.

닉 와일드는 '합법에 가까운 일'을 주로 하는
교활한 여우다.

닉과 그의 파트너 **핀닉**은
'적송' 막대기를 생쥐 건설 회사에 판매한다.

주디는 닉과 핀닉의 **썩 합법적이지 않은** 활동을 금습하고 싶어 안달이 났다.

닉은 핀닉에게 둘이 벌인 **사기 행위**로 번 돈 중 그의 몫을 건넨다.

주디는 닉의 사기에 대해 따진다.
하지만 그는 주디에게 모든 서류가 완벽하고,
하고 있는 일은 **법적으로** 문제가 없다는 것을 증명해 보인다.

범인을 쫓는 동안,
주디는 리틀 로덴시아에서 거대한 도넛에 깔릴 뻔한
북극땃쥐 **프루프루**를 구한다.

주토피아 경찰서에서, **벨웨더 부시장**은
오터톤 부인의 실종된 남편을 찾는 일을 돕겠다고 제안한
주디에게 감사를 표한다.

많은 포유류가 실종되었지만,
보고 서장은 주디가 오터톤 사건을 맡는 것이 달갑지 않다.
서장은 주디에게 사건을 해결할 시간으로 48시간을 제시한다.

주디는 닉을 추적한다.
닉은 실종된 수달을 **마지막으로 본** 동물이었다.

주디는 자신의 **당근 펜 녹음기**에
닉이 저지른 범죄 증거를 수집한다.

주디는 **자신만의** 계략을 꾸몄다.
이제 닉은 짜증 나도 그녀와 함께 일해야만 한다.

단서를 따라 주디와 닉은 **미스틱 스프링 오아시스**로 향한다.
그곳은 동물들이 옷을 입지 않는 곳이다!

다음으로 그들은 포유류 차량국으로 간다.
거기서 나무늘보 **플래시**를 만난다.

플래시는 둘에게 주소를 건넨다.
하지만 그것이 수달을 찾는 데 충분히 도움이 되는 중요한 단서일까?

Disney

주토피아

디즈니 주토피아 소설

1판 1쇄 펴냄 2026년 1월 15일
글 수잔 프랜시스
옮긴이 김민정
펴낸이 하진석
펴낸곳 ART NOUVEAU
주소 서울시 마포구 월드컵북로5가길 8-6
전화 02-518-3919
팩스 0505-318-3919
이메일 book@charmdol.com
신고번호 제2016-000164호
신고일자 2016년 6월 7일
ISBN 979-11-91212-11-2 03840

주토피아

차례

1장 ········· 15
2장 ········· 20
3장 ········· 23
4장 ········· 29
5장 ········· 31
6장 ········· 36
7장 ········· 41
8장 ········· 47
9장 ········· 50
10장 ········ 59
11장 ········ 62
12장 ········ 67
13장 ········ 71
14장 ········ 76
15장 ········ 80
16장 ········ 84
17장 ········ 88
18장 ········ 93
19장 ········ 98
20장 ········ 104
21장 ········ 109
22장 ········ 113
23장 ········ 116
24장 ········ 118
25장 ········ 120
26장 ········ 124
27장 ········ 130
28장 ········ 133

1장

고대 포식자들의 거친 포효가 버니버로우의 넓은 헛간을 가득 메웠다. 주디 홉스라는 어린 토끼가 임시로 만든 무대에 등장해 종이 죽과 골판지로 만든 정글을 헤쳐 나가려 애쓰고 있다.

주디의 목소리가 크고 또렷이 울려 퍼졌다. "공포, 배신 그리고 피의 굶주림. 수천 년 전 이러한 것들이 우리를 지배하고 있었습니다. 사냥감이 포식자를 두려워하던 시대였죠. 그리고 포식자들은 타고난 충동을 억제할 수가 없었습니다. 난폭하고 공격적이었고 또…."

그때 갑자기 재규어가 어둠 속에서 주디에게 뛰어들었다!

"피, 피, 피다!" 주디는 공격을 받아 쓰러지며 소리쳤다. "그리고 죽음이었죠."

길고 끔찍한 침묵의 순간이 흐른 후, 주디는 일어나 앉아서 당혹한 표정의 관객들을 마주 보고 미소를 지으며 독백을 이어 갔다. 충격받은 관객들의 머리 위로는 홍당무의 날이라고 쓰인 현수막이 걸려 있었다.

"당시 세상엔 두 부류만이 존재했어요. 사악한 포식자와 온순한 사냥감." 두 개의 골판지 상자가 천장에서 툭 떨어졌다. 크레용으로 사악한 포식자라고 쓰인 첫 번째 상자는 재규어의 머리 위에, 온순한 사냥감이라고 적힌 두 번째 상자는 주디 위로 떨어졌고, 상자가 그들의 어깨에 걸쳐지면서 머리와 팔다리만 상자 밖으로 삐죽 나왔다. "하지만 시간이 흐르면서 우리는 진화했고, 더는 원시적이지도, 야만적이지도 않게 되었습니다."

하얀 로브를 입고 골판지로 만든 무지개를 머리에 쓴 어린 양이 자유롭게 춤을 추며 무대를 이리저리 돌아다녔다. 주디와 재규어가 상자에서 휙 하고 나왔다. 어느새 이 둘도 하얀 로브를 입고 있었다. "이제 포식자와 사냥감은 서로 어우러져 살아갑니다."

다정한 친구가 된 주디와 재규어는 서로 손을 마주 잡았고, 양은 이 둘에게 꽃가루를 뿌려 주었다. 주디가 말했다. "그리고 이젠 세상의 모든 젊은 포유류에게 무수한 기회가 주어지게 되었지요."

"맞아요. 저도 더 이상 무리 속에서 웅크린 채 겁먹고 있을 필요가 없어요." 양은 그렇게 말한 뒤, 로브를 벗어 던졌다. 그러자 집에서 만든 우주비행사 복장이 드러났다. "대신, 우주비행사가 될 수 있거든요."

"그리고 전 더 이상 고독한 사냥꾼으로 살지 않아도 돼요." 재규어도 로브 속에 감춰져 있던 비즈니스 정장을 보여 주며 말했다. "이제 저는 세금 계산법을 정복해서 보험계리사가 될 수 있으니까요."

"그리고 전 이제 더는 위대한 홍당무 님만을 맹목적으로 믿지 않아도 돼요. 저는 더 나은 세상을 만들 수 있거든요. 힘없는 동물들을 구하고 보호하면서요. 저는 커서…" 주디는 로브를 확 벗어던지고 파란색 제복 차림으로 당당히 섰다. "경찰이 될 거예요!"

관객석에 앉아 있던 기디온 그레이라는 이름의 심술궂은 꼬마 여우 아이는 자신의 두 친구에게 히죽거리며 말했다. "토끼 경찰이라니. 살면서 들어 본 말 중에 가장 멍청한 소리네."

그러자 주디는 무대 위에서 마치 그 말을 듣기라도 한 듯 말을 이어 갔다. "불가능해 보일 수도 있겠죠. 속 좁은 동물에게는요." 주디는 기디온을 똑바로 가리키며 말했다. "너 말하는 거야, 기디온 그레이." 주디가 손가락을 탁 튕기자 눈부신 도시 전경이 담긴 배경막이 그녀의 뒤로 펼쳐졌다. "하지만 이곳에서 340킬로미터만 가면 위대한 도시가 있어요. 바로 주토피아! 우리 조상들이 처음으로 평화롭게 하나가 되어 '누구나 무엇이든 될 수 있다!'라고 선언했던 곳이죠. 감사합니다. 좋은 밤 되세요."

주디는 마치 인생 최고의 공연을 마친 것처럼 자랑스럽게 허리를 숙여 인사했다. 아빠 스튜 홉스와 엄마 보니 홉스를 비롯한 관객들은 의례적인 박수를 쳐 주었다.

잠시 후, 경찰 복장을 그대로 입은 채 주디는 부모님과 함께 신나게 헛간을 나섰다. 밖에서는 홍당무의 날 축제가 한창이었고, 모두가 다양한 부스와 게임, 놀이기구를 즐기고 있었다.

"주디, 네 엄마와 내가 어떻게 이렇게 행복하게 살게 되었는지 생각해 본 적 있니?" 스튜가 물었다.

"아뇨." 주디가 대답했다.

"그럼, 내가 알려 주마." 스튜는 마치 주디의 대답을 듣지 못한 것처럼 말을 이었다. "그건 말이다, 우리가 꿈을 포기하고 정착했기 때문이란다. 그렇지, 여보?"

"오, 그럼. 당신 말이 맞아. 정말 잘 정착했지." 보니도 동의했다.

"봐라, 주디야. 현실을 인정하고 안정적으로 사는 삶이 얼마나 괜찮은지 말이야. 새로운 일을 시도하지 않으면, 실패할 일도 절대 없단다." 스튜가 말했다.

"하지만 전 시도해 보는 게 좋아요." 주디가 대답했다.

보니는 딸을 바라보며 말했다. "얘야, 네 아빠가 말씀하시는 건… 네가 경찰이 되는 건 어려울 거고, 어쩌면 불가능할지도 모른다는 거야."

"그래, 토끼 경찰 같은 건 세상에 없어." 스튜도 덧붙였다.

"그럼 제가 최초의 토끼 경찰이 되면 되겠네요!" 주디가 울타리를 날렵하게 뛰어넘으며 말했다. "전 세상을 더 나은 곳으로 만들 거니까요."

"이런, 세상을 더 나은 곳으로 만드는 일이라면, 홍당무 농사만 한 게 없지." 스튜가 말했다.

"맞아! 네 아빠랑 나 그리고 275명의 네 언니 오빠들처럼 말이야. 우리도 홍당무 하나로 세상을 바꿔 가고 있는 거야." 보니가 덧붙였다.

“옳으신 말씀. 홍당무 농사는 정말 고귀한 직업이지.” 스튜도 맞장구쳤다.

하지만 주디는 기디온 그레이가 아이들을 쫓아가는 걸 발견하자, 부모님의 말에 더 이상 귀 기울이지 않았다. 주디는 즉시 경계심을 품고 뒤를 쫓았다.

“알겠지, 우리 딸?” 보니가 주디에게 물었다. “엄마 말은, 그러니까 꿈을 갖는다는 건 훌륭한 거야.”

“맞아. 단지 너무 꿈에 빠져들지만 않는다면 말이지.” 스튜는 딸을 찾아 주위를 두리번거리며 말을 이었다. “수스? 아니, 대체 어디 간 거야?”

2장

주디는 가까이 다가가서 기디온 그레이가 여우답게 가장 잘하는 짓, 즉 또래 아이들을 괴롭히는 것을 보았다.

"당장 네 표를 내놔, 안 그러면 네 온순하고 작은 엉덩이를 걷어차 버릴 테니." 기디온은 이렇게 말하며 양을 거칠게 밀쳤다. 그러곤 양의 표를 뺏어서 그걸로 양들을 툭툭 때렸다. "매에, 매에~! 어쩌려고, 울려고?" 기디온이 조롱했다.

"아야! 하지마, 기디온!" 양이 꺅 하고 비명을 질렀다.

"야!" 주디가 단호하게 말했다. "귀먹었냐. 그만하라고."

기디온은 주디를 보더니 비웃었다. "복장 죽이는데, 루저." 기디온이 으르렁대며 말했다. "토끼가 경찰이 될 수 있다고 생각하다니, 너는 대체 어떤 미친 세상에 살고 있는 거냐?"

"내 친구들에게 표 돌려줘." 주디가 침착하게 말했다.

기디온은 으르렁거리며 표를 주머니에 쑤셔 넣었다. "직접 와서 가져가 보시던가. 그런데 조심하는 게 좋을 거야. 난 여우거든. 네가 그 바보 같은 연극에서 말한 것처럼 포식자들은 너희를 잡아먹곤 했으니까 말이야. 그리고 내 속의 던나 안에는 킬러 본능이 아직 남아 있다고."

"디—엔—에이라고 말했던 것 같은데." 기디온의 친구 중 한 명이 작은 소리로 말했다.

"다 아니까 조용히 있어라, 트래비스." 기디온이 짜증 내며 말했다.

"난 네가 무섭지 않아, 기디온." 주디가 말했다.

기디온이 주디를 세게 밀쳤다. 주디는 바닥에 쿵 하고 쓰러졌고, 눈에 눈물이 고이기 시작했다.

"이제 무섭냐?" 기디온이 잔인하게 말했다. 다른 초식 동물들은 나무 뒤에 몸을 움츠리고 숨어 버렸다. 주디는 혼자서 자신을 괴롭히는 동물들과 맞서야 했다.

"코 움찔대는 거 봐. 완전 *겁먹었네.*" 트래비스가 놀려 댔다.

"울어 봐, 꼬마 토끼, 울어, 울어 보…." 기디온이 비웃어 댔다.

쾅! 기디온이 말을 채 끝내기도 전에 주디는 뒷발로 기디온의 얼굴을 걷어차 넘어뜨렸다. 하지만 기디온은 곧바로 벌떡 일어났다. 그는 화가 잔뜩 나 있었다. "오, 넌 포기해야 할 때를 모르는구나, 그렇지?" 마치 칼날이 박힌 주먹과 같은 발톱을 드러내며 기디온이 말했다.

기디온은 주디의 얼굴을 할퀴었다. 그의 날카로운 발톱이 주디의 살을 파고들어 피를 냈다. 그다음 주디를 넘어뜨리더니 얼굴을 흙바닥에 짓눌렀다. "이 순간을 기억해 둬. 네가 그 바보 같은 홍당무 농사를 짓는 멍청한 토끼 이상의 뭔가가 될 수 있다고 생각할 때마다." 기디온은 차갑게 말했다.

기디온과 그의 패거리는 주디를 흙바닥에 내버려둔 채 웃으며 떠났다. 주디는 일어나 뺨의 피를 닦아 내고 그들의 뒷모습을 노려보았다.

"아, 이런, 많이 다친 것 같아." 양인 개러스가 말했다.

"괜찮아, 주디?" 나쁜 패거리에게 표를 뺏겼던 양 샬라가 물었다.

주디는 숨을 고르더니 환하게 웃으며 앞주머니에서 무언가를 꺼냈다.

"여기 있어!" 주디는 기디온이 빼앗아 갔던 표를 돌려주었다.

"와! 네가 우리 표를 되찾았어!" 샬라가 말했다.

"넌 정말 대단해, 주디!" 개러스가 외쳤다.

"저 기디온 그레이는 자기가 무슨 소리를 하는지도 몰라." 샬라가 덧붙였다.

주디는 경찰 모자를 탁 머리에 썼다. 눈에는 굳은 결의가 담겨 있었다. "뭐, 기디온이 한 가지는 맞았어. 난 포기해야 할 때를 모르거든."

3장

15년 후, 주디 홉스는 주토피아 경찰학교에서 온 힘을 다해 훈련하고 있었다. 주디는 코끼리, 코뿔소, 들소 같은 다른 생도들에 비해 몸집은 작았지만, 의지만큼은 누구보다 강했다.

하지만 작은 체구 때문에 체력 훈련이 가장 힘들었다. 생도들은 주토피아를 구성하는 12개의 독특한 생태계를 모방한 모의 훈련장에서 장애물을 통과해야 했다. 꽁꽁 얼어붙은 툰드라 타운에서 찌는 듯 더운 사하라 광장까지, 각 생태계는 얼음벽을 오르거나 뜨거운 모래 폭풍 속에서 살아남기 등 저마다의 도전 과제를 제시했다.

주디는 다른 생도들보다 더 많이 넘어졌다. 토끼는 절대 경찰이 될 수 없다고 의심했던 부모님, 훈련 교관, 기디온 그레이의 목소리가 마음속에서 들려왔다. 하지만 그 목소리가 주디를 더 열심히 훈련하게 했다. 주디는 끈기와 인내로 다른 생도들을 따라잡았고, 모두를 깜짝 놀라게 했다.

훈련 마바지의 몇 주 동안 주디는 토끼 특유의 강한 다리와 뛰어난 청력으로 자신의 가치를 입증하기 위해 노력했다. 그녀는 체력 테스트 장애물을 거침없이 헤쳐 나갔고, 때로는 다른 생도들을 앞지르기도 했다. 마지막 대련 훈련에서 자신보다 열 배는 큰 수컷 코뿔소를 때려눕히기도 했다!

졸업식 날, 주디는 입술이 퉁퉁 붓고 눈에 멍이 든 코뿔소와 다른 졸업생들과 함께했다. 사자 리어도어 라이언하트 시장이 연단으로 걸어 나왔다.

"주토피아의 시장으로서 제가 추진한 포유류 통합 정책에 따라 첫 경찰학교 졸업생을 배출하게 되어 정말 자랑스럽습니다. 수석 졸업생이며 주토피아 최초의 토끼 경찰인 주디 홉스입니다. 벨웨더 부시장, 배지 좀 주겠나?" 시장이 곁에 서 있던 작은 양에게 말했다.

"오! 네, 알았어요." 벨웨더가 말했다.

"주디, 당신을 주토피아의 심장부인 제1구역, 시티 센터에 공식적으로 배치하게 되어 큰 영광입니다." 라이언하트 시장이 말했다.

귀가 먹을 듯한 큰 박수를 받으며 주디는 단상을 가로질러 걸어갔다. 부모님이 가장 큰 박수를 보냈는데, 스튜는 심지어 흐느끼고 있었다.

라이언하트 시장이 주디에게 졸업장을 수여했고, 벨웨더가 앞으로 나와 주디의 제복에 ZPD 배지를 달아 주었다. "축하합니다. 홉스 경관."

"실망시키지 않겠습니다. 어릴 때부터 꿈이었어요." 주디가 말했다.

"우리 같은 작은 동물들에게 정말 자랑스러운 날이에요." 벨웨더가 속삭였다.

"벨웨더, 자리 좀 비켜 주겠나." 라이언하트 시장이 활짝 웃으며 말했다. "좋습니다, 홉스 경관. 이제 활짝 웃어요!"

사진작가는 주디와 라이언하트 시장, 벨웨더 부시장이 함께 포즈를 취하게 했다. 하지만 라이언하트 시장은 벨웨더를 사진에 나오지 않도록 밀어냈다.

며칠 후, 주디의 부모님과 형제자매들 몇 명은 주디를 기차역까지 배웅했다.

"네가 정말 자랑스러워, 주디." 보니가 말했다.

"맞아, 그리고 걱정되기도 하고." 스튜가 덧붙였다. "자랑스럽기도 하고 두렵기도 하고, 감정이 섞였다고 할까. 그러니까, 주토피아잖아. 너무 멀고, 엄청 큰 도시잖니."

"엄마, 아빠, 전 경찰이 되려고 평생 노력해 왔어요." 주디는 부모님께 설레는 마음을 애써 숨기며 말했다.

"우리도 알아, 우리는 네가 자랑스럽기도 하지만, 한편으로는 걱정되기도 해." 보니가 입을 열었다.

"우리가 두려워할 건 두려움 그 자체뿐이에요." 주디가 말했다.

"그리고 곰들도. 곰도 두려워해야 해. 사자는 말할 것도 없고,

늑대도….” 스튜가 덧붙였다.

“늑대?” 보니가 당황하며 반문했다.

“족제비도….” 스튜가 계속했다.

“당신, 족제비랑 크리비지 카드 게임하잖아.” 보니가 반문했다.

“그래, 근데 반칙이 정말 심해. 포식자들은 거의 다 그래. 그리고 주토피아는 그런 놈들로 가득하다고. 무엇보다도 최악은 여우지.”

“사실, 네 아빠 말씀이 맞아.” 보니가 거들었다. “그건 생물학적으로 그래. 기디온 그레이 일, 기억나지?”

“그때 전 아홉 살이었어요. 그리고 기디온 그레이는 얼간이인데 우연히 여우였던 거고요. 못된 토끼도 얼마나 많은데요.”

“물론이지. 우리도 다 그래. 그렇고 말고.” 스튜가 말을 이었다. “하지만 만약을 대비해서, 네가 가져갈 작은 선물 꾸러미를 준비했어.” 스튜가 작은 가방을 보여 주며 말했다.

“그리고 내가 간식도 좀 챙겨 넣었어.” 보니가 말했다.

주디가 안을 들여다보니 분홍색 스프레이 캔들이 잔뜩 들어 있었다.

“여우 퇴치제야.” 스튜가 설명했다.

“그래, 가지고 있으면 안전하단다.” 보니가 덧붙였다.

“이건 여우 기피제고….” 스튜가 에어혼처럼 보이는 것을 가리키며 말했다.

“퇴치제랑 기피제. 이것만 있으면 돼.” 보니는 스튜가 너무 과하게 행동하지 않도록 막으며 말했다.

"이것 좀 봐." 스튜가 여우 퇴치용 전기 충격기를 꺼내 전원을 켜자 지직 소리가 났다.

"이런, 세상에! 전기 충격기는 필요 없어, 여보."

"아니야, 전기 충격기는 늘 필요하지 않겠어?" 스튜가 반문했다.

"알겠어요. 아빠를 그만 말하게 하려면 제가 이걸 가져가야겠네요." 주디가 대답했다. 기차가 다가오자, 주디는 분홍색 여우 퇴치제를 집어 들었다.

"훌륭해! 모두에게 좋은 거야!" 스튜가 큰 소리로 말했다.

"주토피아 행 기차가 들어옵니다!" 차장이 외쳤다.

"좋아요. 이제 가 볼게요. 안녕." 주디가 기차에 오르며 말했다.

스튜와 보니는 눈물을 참으며 딸이 떠나는 것을 바라보았다. 주디는 갑자기 돌아서 부모님께 달려가 두 팔로 꼭 안았다. "사랑해요, 모두." 부모님을 꼭 안고 주디가 말했다.

"우리도 사랑해." 보니가 말했다.

한 번 더 꼭 안은 뒤, 주디는 열차에 뛰어올랐다.

"아이고, 이제는 눈물이 터지려고 하네." 스튜가 눈물을 흘리기 시작했다. "흑흑흑흑 엉엉…."

"이런 여보, 정신 차려." 보니가 나지막이 말했다.

잔뜩 모인 토끼들은 주디가 떠나는 모습을 지켜보다가 기차가 달리기 시작하자 기차를 따라 달리며 손을 흔들고 작별 인사를 외쳤다.

"안녕, 모두들! 잘 있어!" 주디가 외쳤다.

그들의 얼굴이 저 멀리 희미해지자, 주디는 전망대로 올라가 숨을 깊이 들이쉬었다. 그리고 휴대폰을 꺼내 음악을 틀었다. 자신의 인생이 이제 막 시작되는 기분이었다.

4장

기차가 굽이를 돌자, 창밖으로 놀라운 풍경이 주디 앞에 펼쳐졌다. 바로 주토피아였다. 주디는 창문에 얼굴을 바짝 대고는 지나가는 도시의 각 구역을 바라보았다.

주디는 주토피아 시내로 연결되는 센트럴 스테이션에 도착해 기차에서 내린 뒤, 센트럴 광장으로 걸어 나갔다. 정말 놀라웠다! 주디는 감탄에 젖어 이어폰을 빼고 주위를 둘러보았다. 정신없는 도시의 소음이 주디를 감쌌다. 다양한 모양과 크기의 동물이 이리저리 바쁘게 오가고 있었다. 버니버로우와는 천지 차이였다.

주디는 핸드폰을 내려다보고 지도 앱을 열어 길을 확인했다.

아파트 건물을 찾아가자, 집주인인 아르마딜로 다르마가 주디를 작은 아파트로 안내했다.

"주토피아 최고의 아파트에 온 걸 환영해요." 다르마는 주디가 들어갈 수 있게 옆으로 물러서며 말했다. "한 달에 한 번 진드기 제거는 서비스예요. 열쇠는 잃어버리지 마세요."

주디의 이웃인 쿠두와 오릭스가 복도를 지나갔다. 주디는 그들에게 따뜻하게 인사를 건넸다. "안녕하세요. 저는 주디예요. 새로 이사 왔어요."

"그래, 어쨌든, 우린 시끄러워." 쿠두가 말했다.

"사과 따윈 기대하지 마." 오릭스가 덧붙였다.

두 동물은 서둘러 지나가더니 아파트 문을 세게 닫았다. 다르마도 돌아갔다. 주디는 처음으로 아파트에 혼자 남아 주변을 둘러보았다.

"기름때 낀 벽… 삐걱대는 침대…." 주디가 중얼거렸다.

그때 벽 너머에서 큰 소리가 들려왔다. "닥쳐!" "너 닥치라고!" "아니! 네가 닥쳐!"

"미친 이웃들." 주디는 환하게 웃으며 침대에 털썩 누웠다. "정말 좋아!"

5장

삐. *삐. 삐.* 아침 알람 소리에 주디는 침대를 박차고 일어났다. 세수를 하고 양치를 하고 입을 헹군 후, 주디는 조끼를 입고 배지를 달고 벨트를 매었다. 이제 그녀는 도시를 수호할 준비가 되었다. 주디는 침대 옆 탁자 위에 놓인 분홍색 여우 퇴치제를 힐끗 쳐다보곤 그대로 두고 집을 나섰다. 하지만 잠시 뒤, 다시 방으로 돌아와 만약을 대비해 퇴치제를 챙겼다.

아파트를 나선 주디는 주토피아 경찰서로 향했다. 첫 출근날이었다!

시끌벅적하고 정신없는 주토피아 경찰서에 들어서자 주디의 눈이 휘둥그레졌다. 덩치가 큰 건장한 경찰들이 범죄자를 끌고 복도를 가로질러 모두 사방팔방으로 급하게 이동하고 있었다. 주디는 덩치 큰 동물 몇몇을 요리조리 피해 안내 데스크를 찾아갔다. 그곳에는 친근한 인상의 통통한 치타가 다른 경찰들과 수다를 떨고 있었다. 주디는 다가가며 그에게 미소 지었다. 하지만 주디가 안내 데스크보다 기가 작은 탓에 그는 주디를 보지 못했다.

"저기요? 아랠 보세요. 아래요. *여기예요*. 안녕하세요." 주디는 안내 데스크 위쪽을 쳐다보며 외쳤다.

치타는 안내 데스크 너머로 몸을 기울였다. 그곳에는 제복을 입은 주디가 서 있었다. "어쩜, 세상에! 진짜 토끼를 채용했네. 말도 안 돼! 이 말은 꼭 해야겠어. 넌 내가 생각했던 것보다 훨씬 귀여워!"

주디는 눈살을 찌푸렸다. "아마 잘 모르셨나 본데요, 토끼끼리는 "귀엽다"라는 말을 하기도 해요. 그런데 다른 동물이 그런 말을 하는 건 좀…."

"오! 정말 미안해. 난 벤자민 클로하우저야. 모두가 나를 그냥 도넛을 사랑하는 살덩어리라고 생각하지. 그런 놈이 너를 완전 편견을 가지고 보다니…." 그가 사과하며 말했다."

"괜찮아요. 아, 저기, 사실, 저" 주디는 어떤 말을 해야 할지 고민하느라 더듬으며 말했다. "저…목에 뭐가…끼어서…."

클로하우저는 두툼한 목살 아래에서 작은 도넛을 꺼냈다. "여기 있었구나! 이 귀염둥이 녀석." 클로하우저가 도넛을 보며 이렇게 말하곤 기쁘게 도넛을 한입에 먹었다.

"발령 보고를 해야 하는데… 어디로 가야 하죠?"

"오! 회의실은 저기 왼쪽이야." 클로하우저가 입안 가득 도넛을 우물거리며 말했다.

"네, 감사합니다." 주디는 서둘러 그곳으로 향했다.

"아… 불쌍한 녀석, 거기서 살아남기 힘들텐데." 클로하우저는 주디의 뒷모습을 보며 말했다.

회의실 안에선 코뿔소, 버펄로, 하마, 코끼리 같은 동물들이 일할 준비를 하고 있었다. 그들은 주디보다 훨씬 더 컸지만, 주디는 개의치 않았다. 주디는 신나게 코끼리 크기의 거대한 의자에 올라타 방 안을 둘러보았다.

"안녕하세요, 홉스 경관이에요." 주디는 이름표에 맥혼이라고 적힌 거대한 코뿔소에게 주먹을 내밀었다. "더 나은 세상을 만들 준비가 됐나요?" 주디는 진심으로 물었다.

맥혼은 코웃음을 치며 마지못해 주먹 인사를 받아 주었지만, 그 바람에 주디는 의자에서 거의 떨어질 뻔했다.

"전체 차렷!" 경관 중 한 명이 이렇게 외치자, 우락부락한 아프리카물소 보고 서장이 사무실로 들어왔다. 모두가 즉시 일렬로 서서 발을 쿵쿵 구르기 시작했다.

"그만해, 됐어. 다들 앉아. 오늘 올라온 안건은 세 가지다. 우선, 확실히 짚고 넘어가야 할 게 있어." 보고 서장은 코끼리 경관 쪽으로 고개를 끄덕였다. "프랜신, 생일 축하해."

수줍음이 많은 코끼리는 경찰들이 박수를 치며, 환호하자 크게 부끄러워했다. "두 번째, 오늘 새롭게 들어온 신참이 있어. 소개해야 하는데 안 할 거야. 관심 없으니까."

보고 서장이 지도로 눈을 돌렸다. "마지막으로, 포유류 실종 사건이 14건이다." 서장은 핀을 가득 꽂아 둔 지도를 가리키며 말했다. "14건. 역대급으로 많아. 시청에서도 이 사건을 해결하라고 압

박하고 있어. 이것이 최우선 과제다. 사건을 배분한다!"

보고 서장이 사건을 배분하는 동안 다른 경관이 사건 파일을 나누어 주었다. "그리졸리, 팽마이어, 델가토, 너희는 열대우림 구역에서 실종된 포유류를 찾는다. 맥혼, 라이노비치, 울포드, 너희는 사하라 광장. 히긴즈, 스날로프, 트렁커비는 툰드라 타운을 맡게. 그리고 마지막으로 최초의 토끼 경찰, 홉스 경관은."

주디는 꼿꼿이 몸을 세우고 첫 임무를 잔뜩 기대하며 기다렸다. 서장은 히긴즈에게 마지막 사건 파일을 받아 과하게 높이 들어 올렸다.

"주차 단속, 이상!"

"주차 단속?" 주디는 나지막이 반문하더니 급하게 보고 서장을 따라갔다. "음, 서장님? 보고 서장님?"

보고 서장은 주변을 둘러보았지만 아무도 보지 못했다. 아래를 내려다보니 자신의 발목 근처에 주디가 서 있었다.

"서장님, 포유류 실종이 14건이라고 말씀하셨잖아요"

"근데?"

"저도 맡겠습니다. 잊으셨나 본데요, 전 경찰학교 수석 졸업생입니다."

"잊지 않았어. 관심 없을 뿐이야."

"서장님, 저는 그저 그런 토끼가 아닙니다."

"그래, 그렇다면 하루에 주차 위반 딱지 100장 끊는 건 쉽겠군." 보고 서장은 이렇게 말하곤 걸어 나가 문을 쾅 닫았다.

"100장이라니." 주디는 발을 굴렀다. 그러곤 닫힌 문을 향해 소리쳤다. "*200*장을 끊어 보겠어요! 오전 중에!"

6장

교통 단속 모자를 쓰고 밝은 주황색 조끼를 입은 주디는 주차 단속 카트에 올라타 안전벨트를 매고 선글라스를 썼다. 그리고 가속 페달을 밟고 출발했다… 아주 느리게.

주디는 뛰어난 청력을 이용해 시간이 초과된 미터기를 찾기 위해 귀를 쫑긋 세웠다. 미터기에서 딩동 소리가 날 때마다 주디는 재빨리 달려가 딱지를 끊었다. 무스가 타는 커다란 차부터 생쥐가 타는 작은 차까지, 온갖 종류의 차량 수십 대에 주차 위반 딱지를 끊었다.

"짠! 오전 중에 200장 완료." 주디가 뿌듯해하며 말했다.

주디는 몸을 돌려 자신의 교통 단속 카트를 보았다. 주차 시간이 초과되어 있었다. "*201장*이네." 주디는 만족스러운 미소를 지으며 *자기 자신에게* 딱지를 끊었다.

그때 자동차 경적과 함께 화난 양이 창밖으로 고함을 지르는 소리가 주디의 시간을 방해했다. "이봐 앞 좀 보고 다녀. 여우!" 한 양이 소리 질렀다.

주디는 길 건너편에 있는 붉은색 여우를 의심스러운 눈초리로 주시했다. 하지만 곧 고개를 저으며 뚜렷한 이유도 없이 여우를 의심한 자신을 꾸짖었다. 하지만 그가 점보의 카페로 슬그머니 들어가기 전에 주위를 둘러보는 걸 보고는 길을 건너 창문 너머로 안을 들여다 보았다. 그는 카페 어디에도 보이지 않았다.

이제 전적으로 그가 의심이 든 주디는 권총집에서 분홍색 여우 퇴치제를 꺼내 들고 안으로 들어갔다.

카페는 코끼리 아이스크림 가게였다. 코끼리들이 코를 이용해 아이스크림을 컵에 담고 견과류, 휘핑크림, 체리로 아이스크림선디를 장식했다. 주디는 줄 맨 앞에 서 있는 여우를 발견했다. 카운터 뒤에서 일하고 있던 코끼리 제리 점보 주니어가 여우에게 소리쳤다. "잘 들어. 벌건 대낮에 자네가 무슨 짓을 하려고 돌아다니는지 모르겠지만, 문제 일으키고 싶지 않으니까. 그만 썩 꺼져!"

"저도 문제 일으키려고 온 게 아닙니다. 사장님, 전 점보 하드를 사러 온 거예요." 여우가 손을 뒤로 뻗으며 착한 말투로 말했다. "제 어린 아들주려고요. 빨간 걸로 줄까, 아니면 파란 걸로 줄까? 어떤 걸 원하니, 아들?"

주디는 여우의 다리에 매달려 있는 작은 아이를 보곤, 자신이 성급하게 결론을 내린 것에 대해 몹시 괴로워했다. "나도 참, 정말…." 주디는 혼자 중얼거리며 뒤돌아섰다.

"여우 선생, 댁이 사는 동네엔 여우 아이스크림 가게가 없는 거요?"

"있긴 있어요. 그냥, 제 아들이…" 여우는 아이의 털을 헝클어뜨리며 말했다. "이 철딱서니 없는 얘가 코끼리를 좋아해요. 얘는 크면 코끼리가 되고 싶대요. 그러니 제가 뭐라고 이 어린애의 꿈을 꺾을 수 있겠어요?"

코끼리 인형 옷을 입은 아이는 코끼리 코로 귀엽게 *뿌-뿌* 소리를 냈다. 그 모습을 본 주디는 미소 지었다. 그러다가 자신이 여전히 손에 여우 퇴치제를 들고 있다는 것을 깨닫곤 얼른 권총집에 집어넣었다.

"이봐, 여우, 글을 못 읽나 본데, 여기 보면." 제리가 표지판을 가리키며 천천히 읽었다. "우리는 누구에게든 서비스를 거부할 권리가 있다. 그러니까 썩 꺼져."

"줄 밀리고 있잖아요." 뒤에서 기다리고 있던 코끼리가 짜증 난 목소리로 말했다.

아이는 곧 울음이 터질 것 같은 표정이었다. 주디는 성큼성큼 카운터로 걸어가 제리에게 자신의 배지를 번쩍 보여 주었다.

"저기요? 실례합니다." 주디가 말했다.

"이봐요, 주차 단속원, 다른 손님들처럼 줄을 서서 차례를 기다려요." 제리가 말했다.

"저는 실은… 경찰이에요. 얼른 하나만 물어보죠. 혹시 여기 있는 손님들은 아이스크림의 쿠키나 크림을 먹을 때 콧물과 점액을 함께 먹는다는 사실을 알고 있나요?"

"무슨 소리를 하는 거요?" 제리가 짜증 내며 물었다.

"그게, 문제를 일으키고 싶진 않지만, 코에 장갑을 끼지 않고 아이스크림을 푸는 건 식품위생법 3급 위반입니다. 큰 문제가 될 수도 있죠. 하지만 이번은 경고로 끝낼 수도 있어요. 지금이라도 코에 장갑을 끼시고, 그 뭐냐, 여기 있는 친절한 여우 부자에게… 그걸 팔아주신다면요…. 그게 뭐였죠?" 주디가 여우에게 미소를 지었다.

"점보 하드요." 여우가 말했다.

"점보 하드요." 주디가 단호하게 말했다.

제리는 잠시 둘을 노려보더니 말했다. "15달러요."

여우는 주디를 바라보며 말했다. "정말 고맙습니다. 고마워요." 여우는 주머니를 뒤지더니 믿을 수 없다는 표정으로 멈췄다. "뭐야 이런 세상에! 지갑을 안 가져왔네. 미안해 아들, 최악의 생일이 되었네." 여우는 아이 쪽으로 몸을 기울여 뽀뽀를 한 다음 주디에게 돌아섰다. "어쨌든 고마워요."

주디는 카운터에 현금을 내려놓으며 말했다. "잔돈은 됐어요."

제리는 그들에게 점보 하드를 건넸다. 주디는 여우와 어린 아들이 점보 가게를 나설 때 문을 잡아 주었다.

"경관님, 뭐라고 감사드려야 할지 모르겠네요. 정말 친절하세요. 돈을 꼭 갚고 싶은데요." 여우가 말했다.

"오, 아니에요. 선물이에요. 전, 그냥… 아직도 여우에 대해서 저런 구닥다리 사고방식을 가진 동물들을 보면 화나거든요." 주디가 말했다. "음, 제가 보기에는 당신은 좋은 아빠이고 멋진 분인

것 같아요."

"오, 그건 과찬이세요. 요즘 훈계하지 않는 동물을 만나기 진짜 힘든데… 경관님 성함이…."

"홉스 경관이에요. 그쪽은…." 주디는 여우의 말투에 담긴 빈정거림을 전혀 눈치채지 못했다.

"와일드, 닉 와일드입니다."

주디는 작은 여우에게로 몸을 굽혔다. "그리고 꼬마 친구, 커서 코끼리가 되고 싶다고 했지. 넌 코끼리가 될 수 있을거야. 왜냐하면 주토피아에선 누구나 무엇이든 될 수 있거든." 주디는 꼬마의 가슴에 주토피아 경찰서 ZPD 배지 스티커를 달아 주었다.

"좋아, 자 받으렴." 닉은 이렇게 말하며 거대한 점보 하드를 건넸다. "두 발로 받으렴, 그래, 좋아, 웃는 것 좀 봐요. 행복한 생일 미소네요. 경찰 누나에게 작별 인사로 뿌-뿌 해 드려야지."

사랑스러운 아기 여우는 코끼리 코로 뿌-뿌를 했다.

"뿌-뿌!" 주디도 행복하게 대답했다. 그러곤 가벼운 발걸음으로 걸어갔다. 도움이 필요한 누군가를 돕는 건 정말 환상적인 기분이라고 생각한 주디였다.

7장

잠시 후, 주디는 사하라 광장에서 주차 단속을 하다가 몇 블록 떨어진 곳에서 닉과 어린 여우를 발견했다. "오! 이봐, 꼬마 뿌-뿌!" 주디가 손을 흔들며 불렀지만, 그들은 주디를 보지 못했다.

주디는 여우 부자 쪽으로 걷다가 그들이 무엇을 하고 있는지 깨닫고는 갑자기 걸음을 멈췄다. 닉과 어린 여우가 거대한 점보 하드를 뜨거운 햇빛에 *녹이고 있었다.* 그다음 녹은 액체를 작은 유리병에 부었다. 닉과 작은 여우가 주스가 가득 찬 유리병을 밴 뒤쪽에 싣는 것을 보고 주디는 눈살을 찌푸렸다. 닉과 함께 있던 어린 여우가 운전석에 앉는 걸 봤을 땐 눈이 튀어나올 뻔했다! 둘은 차를 몰고 떠났다. 주디는 충격을 받아 혼란스러웠다.

주디는 주차 카트를 타고 주토피아에서 가장 추운 지역인 툰드라 타운 지역까지 그들을 뒤쫓아갔다. 어린 여우가 작은 발로 눈에 발자국을 찍으면, 닉이 그곳에 막대기를 꽂았다. 그러고 나서서 두 부자는 녹은 점보 하드 주스를 발자국에 부어 수십 개의 작은 하드를 만들었다! 주디는 경악한 채 이 광경을 지켜보았다.

그녀는 믿을 수가 없었다!

주디는 그들을 다시 뒤쫓았다. 이번에는 사바나 센트럴이었다. 그들은 그곳에 가판대를 차려 놓고 레밍들에게 비싼 값에 발바닥 하드를 팔고 있었다.

"발바닥 하드! 발바닥 하드 사세요!" 닉이 소리쳤다.

레밍 한 마리가 차가운 간식을 사자, 나머지 레밍들도 뒤따랐다. 순식간에 얼음 디저트는 완전히 매진되었다! 레밍들은 발바닥 하드를 다 먹은 다음 막대기를 쓰레기통에 버렸다. 레밍들이 사라진 후, 쓰레기통의 작은 문에서 아기 여우가 나왔는데, 주디는 그제야 그 아이가 사랑스러운 아이가 *아니라* 핀닉이라는 이름의 어른 페넥 여우이며, 레밍들이 먹고 남긴 발바닥 하드 막대기 다발을 들고 있다는 것을 알아차렸다. 주디는 이 광경을 도무지 믿을 수가 없었다.

주디는 계속해서 닉과 핀닉을 미행했다. 이번엔 리틀 로덴시아로 향했다. 거기서 닉은 생쥐 건설업자 앞에 사용한 막대기 다발을 털썩 내려놓곤 외쳤다. "나무 가져왔어요!"

"색이 왜 이래요?" 생쥐 건설업자가 물었다.

"색이요? 이건 *적송*인데요." 닉은 질문을 무시하며 목재값을 받았다.

건설업자들이 막대기를 싣고 간 다음, 주디는 입을 떡 벌린 채 닉이 친구인 핀닉에게 그의 몫을 현금으로 나눠 주는 것을 지켜보았다.

“39… 40. 자, 여기 있어. 그 기저귀 방법 좀 먹히더라, 친구. 뭐야, 아빠에게 바이 바이 뽀뽀도 안 해 주고 가?” 닉이 농담조로 물었다.

“내일 또 뽀뽀하면, 얼굴을 물어뜯을 거야.” 핀닉이 굵은 목소리로 말했다. “*차오(Ciao)*” 핀닉은 자신의 밴에 폴짝 올라타 요란스러운 랩을 튼 차를 타고 가 버렸다.

주디가 닉 앞에 나타났다. 주디의 얼굴에는 분노가 가득했다. “난 널 도와줬는데, 넌 나에게 거짓말을 했어. 이 *거짓말쟁이!*” 주디가 소리 질렀다.

“이게 뒤통수치기라는 거야, 아가씨.” 닉이 냉정하게 말했다. “그리고 난 거짓말쟁이가 아니야. 거짓말쟁이는 바로 쟤야.” 닉이 주디 뒤쪽을 가리켰다. 주디가 뒤로 돌아보았지만, 그곳엔 아무도 없었다. 그녀가 다시 고개를 돌리니 닉은 가 버리고 없었다! 모퉁이를 도는 사라지는 그의 꼬리만 보일 뿐이었다.

“이봐, 뭐야. 사기꾼 닉, 널 체포하겠다.” 주디는 느긋하게 걸어가는 닉을 따라잡으려 서둘러 걸었다.

“정말? 무슨 죄로?”

“글쎄, 이건 어때. 허가도 없이 음식을 판 죄, 경계 구역을 넘어 허가도 받지 않고 장사를 하고, 거짓 광고를 한 죄.”

“허가서.” 닉은 씩 웃으며 주디에게 서류를 내밀었다. “사업 신고 영수증도 있고요.” 그는 영수증 하나를 보여 주었다. “그리고 거짓 광고한 적도 없어. 잘 가.”

"하드 막대기를 적송이라 하고 생쥐들에게 팔았잖아." 주디가 말했다.

닉은 능글맞게 웃으며 대답했다. "그래 맞아. '적 송'. '적' 가운데를 한 칸 띄우고 '송'. 그니까 빨간 나무. 넌 날 건드릴 수 없어, 홍당무 아가씨. 난 태어날 때부터 이 일을 해 왔거든."

"날 홍당무 아가씨라고 부르는 건 당장 그만 두는 게 좋을 거야."

"오, 미안. 난 그냥 네가 홍당무로 가득한 포던크 촌구석에서 온 것 같아서, 아닌가?"

"오, 아니거든." 주디는 '당연히 아니지'라고 말하는 듯한 태도로 대답했다. "포던크는 디어브루크에 있는 곳이야. 나는 버니버로우에서 자랐고."

"좋아. 이 얘기를 전에도 들은 적 있는지 말해 줘." 닉은 어조를 바꾸더니 빠르고 뻔뻔스럽게 말을 시작했다. "공부도 잘하고 큰 꿈을 가진 순진한 촌뜨기 토끼가 이렇게 결심하지. '이봐, 날 좀 봐, 난 주토피아로 이사를 갈 거야. 거긴 포식자와 피식자가 조화롭게 살며 '쿰바야'를 부르는 곳이라고! 그러다가 발견하게 되지. 첫 번째 실수. 모두가 사이좋게 지내는 건 아니었어. 그리고 대도시의 경찰이 되겠다는 꿈? 두 번째 실수! 그녀는 그저 주차 단속이나 할 뿐이야. 그리고 세 번째 실수, 아무도 토끼와 그의 꿈에는 관심이 없어. 그래서 꿈은 이내 시들어 버리고, 우리 토끼 친구는 문자 그대로 절망에 빠져서 다리 밑 상자에서 살게 되지. 그러다가 결국, 귀엽고 복슬복슬한 꼬리를 다리 사이로 축 늘어뜨린 채

집으로 돌아간다지. 너 버니버로우 출신이라고 했나? 그럼 홍당무 농부가 되겠지? 맞는 말 같지 않아?"

주디는 말문이 막힌 채 서 있었다. 닉이 자신의 두려움을 그렇게 빨리 알아차릴 거라고는 생각하지도 못했다. 주디는 지나가던 코뿔소 때문에 넘어질 뻔하게 되면서 겨우 정신을 차렸다.

"조심해, 그렇지 않으면 네 꿈이 산산조각 나는 것 이상의 일이 벌어지게 될 거야." 닉이 경고했다.

"이봐, 잠깐!" 주디는 정신을 차리려고 애쓰며 말했다. "그 누구도 내가 뭘 할 수 있고 뭘 할 수 없는지 말할 수 없어. 특히 너같이 하드로 속임수나 쓰는 것 말고는 뭐라도 할 배짱이 없는 한심한 바보는 더욱!"

"좋아. 잘 들어. 모두가 주토피아에 와서 자신이 원하는 뭐든지 될 수 있다고 생각하지. 음, 넌 못 해. 타고난 대로 될 수 있을 뿐이야." 여우는 자기 자신을 가리키며 말했다. "여우는 교활하고." 그다음엔 주디를 가리켰다. "토끼는 멍청하지."

"난 멍청한 토끼가 *아니야*."

"그렇다 쳐. 그럼, 그건 시멘트 반죽이 아니겠네."

주디는 밑을 내려다보았다. 자기 발이 끈적끈적하게 젖은 시멘트에 발목까지 빠져 있었다. 주디는 절망해 한숨을 푹 쉬었다.

"넌 절대 진짜 경찰이 될 수 없어." 닉이 밉살스럽게 말했다. "귀여운 주차 단속원이면 몰라도. 단속 반장쯤은 될 수 있겠네. 잘 해봐."

주디는 좌절한 채 닉이 떠나는 모습을 바라보았다. 그다음 시멘트에서 발을 빼기 시작했다.

8장

슥! 슥! 주디는 집으로 들어가기 전 현관 매트에 시멘트 범벅이 된 발을 문질렀다. 라디오를 트니 슬픈 음악이 흘러나왔다. 다른 채널로 돌렸지만, 또 슬픈 노래가 나왔다. 마치 주디의 하루 같았다. 우울한 노래를 몇 곡 들은 후 주디는 무거운 발을 질질 끌고 부엌으로 가 저녁으로 먹을 홍당무 1인분을 꺼내 전자레인지에 돌렸다.

삐! 삐! 다 데워진 홍당무의 포장을 벗겼더니 그 안에는 쪼글쪼글한 당근 하나가 들어 있었다. 주디는 귀를 축 늘어뜨린 채, 작은 식탁에 앉아 홀로 저녁을 먹었다.

따르릉! 따르릉! 주디의 휴대폰이 울렸다. 부모님에게서 온 영상통화였다. 주디는 고개를 젓고 한숨을 한 번 푹 쉰 다음 억지로 환하게 웃으며 전화를 받았다. "오, 어머, 엄마랑 아빠네…" 주디는 최대한 밝은 목소리로 말하려 애썼다.

"오! 얼굴 나왔다. 안녕 우리 딸!" 보니가 말했다.

스튜의 얼굴이 갑자기 화면에 나타났다. "그래, 주스 주디! 경칠

로서 첫날은 어땠어?"

"정말 좋았어요." 완전 거짓말인 걸 알면서도 주디는 이렇게 대답했다.

"그래? 모든 게 네가 바라던 대로야?" 보니가 물었다.

"그럼요, 더 좋았어요. 다들 너무 친절하세요. 제가 정말로 세상을 바꾸고 있는 것 같았다니까요."

"잠시만." 스튜가 다시 화면에 얼굴을 내밀며 말했다. "맙소사, 보니, 저것 좀 봐!"

보니는 스튜가 신이 난 이유가 궁금해 화면을 들여다봤다. "오, 세상에 주디! 너 주차 단속원이니?"

주디는 아직 조끼를 입고 있다는 것도 모자를 의자에 둔 것도 깜빡 잊고 있었다. 주디는 변명하려 했다. "네? 아, 이거요? 아니에요, 이건 그냥 임시로…."

"경찰서에서 가장 안전한 일이잖아!" 보니가 기쁘게 외쳤다.

"진짜 경찰이 아니야! 우리 기도를 들어주셨어!" 스튜가 과하게 기뻐하며 말했다.

"정말 경사스러운 날이야!"

"주차 단속원! 주차 단속원이래! 주차 단속원!" 스튜가 거듭 외쳤다.

"아빠. 아빠!" 주디는 불편한 기분에 그만 대화를 끝내고만 싶었다. "있잖아요. 정말 멋진 하루였어요. 그런데 제가 피곤해서요."

"그래, 좀 쉬렴!" 보니가 말했다.

"물론이지. 주차 단속도 보통 일이 아니거든." 스튜가 덧붙였다.

스튜와 보니는 잘 자라는 인사를 했고, 주디는 전화를 끊고, 더 슬퍼졌다. 그녀는 조끼를 벗고, 더 슬픈 음악을 틀었다. 옆집 벽 너머로 오릭스가 고성을 질러 댔다. "이봐, 토끼! 그 우울한 음악 당장 꺼!"

"주차 단속원을 내버려둬! 통화하는 거 못 들었어? 패배자 같은 기분일 거라고!" 쿠두가 소리 질렀다.

오릭스와 쿠두가 계속 소리치고 다투는 동안, 주디는 음악을 줄였다.

"내일은 또 다를 거야." 주디는 나지막이 스스로에게 되뇌었다.

"그래, 하지만 더 끔찍할 수도 있어!" 오릭스가 소리쳤다.

기진맥진한 주디는 내일은 어떨지 생각하며 잠자리에 들었다.

9장

다음 날, 주디는 다시 미터기 시간이 초과된 차들에 벌금 딱지를 붙였다. 주디가 딱지를 툭 내려놓자, 무스 한 마리가 그녀에게 소리 질렀다. "겨우 30초 지났잖아!"

또 다른 미터기가 딩! 하고 울리자, 주디는 또 주차 위반 딱지를 써 작은 차 앞 유리에 끼워 넣었다.

"진짜 영웅이다. 영웅, 아가씨!" 화난 생쥐가 소리쳤다.

딩! 주디가 세 번째 주차 위반 딱지를 끊자, 하마가 그것을 집어 들었다. 아기 하마가 주디를 보며 말했다. "우리 엄마가 아줌마 때문에 너무 화가 난대요."

또 다른 화난 운전자가 고함쳤다. "너무하잖아, 토끼야. 내 세금으로 네 월급 주는 거라고."

잠시 후, 주디는 주차 카트에 타 시동을 걸었다. 하지만 엔진이 켜지지 않았다. 주디는 운전대에 머리를 박았다. 경적이 빵 하고 울렸다.

"난 진짜 경찰이야. 난 진짜 경찰이라고. 난 진짜 경찰…." 주디는 힘없이 중얼거렸다.

“이봐, 이봐!” 돼지가 주디에게 소리치며 달려오더니 카트 창문을 두드렸다. “이봐요! 토끼!”

“선생님, 불만이 있으시면 정식으로 이의를 제기하세요.” 주디가 기계적으로 대답했다.

“무슨 말을 하는 거예요? 내 가게! 내 가게가 털렸어요. 저기 봐요. 놈이 도망가고 있잖아요! 뭐 해요. 당신 경찰 아니에요?” 돼지가 고래고래 소리쳤다.

“네 맞아요. 걱정 마세요. 제가 가요!” 주디는 얼른 정신을 차렸다.

주디는 훔친 물건이 담긴 가방을 들고 길 아래로 달려가고 있는 족제비를 보곤 카트에서 뛰어내렸다.

“거기 서! 법의 이름으로 명령한다!” 주디가 도둑을 쫓아가며 소리쳤다.

“잡을 수 있으면 잡아 봐라, 털 뭉치.” 족제비가 외쳤다.

그때 맥혼이 탄 경찰차가 끼익하며 나타났다. “여기는 맥혼 경관, 10—31 상황 발생.” 코뿔소가 무전기에 대고 말했다.

주디는 맥혼의 경찰차 보닛을 미끄러지듯 내려오더니 조끼와 모자를 벗어 던지며 외쳤다. “제가 맡겠습니다! 홉스 경관, 추격 중입니다!”

주디는 사바나 센트럴을 가로 질러 족제비를 쫓았는데, 가는 길에 거대한 코끼리들을 피해야 했다.

그때 족제비가 리틀 로덴시아라는 작은 동네로 숨어들었다. 추격에 합류했던 다른 덩치 큰 경찰들은 그 문으로 들어갈 수 없었지만, 주디는 작은 몸 덕분에 족제비를 따라 들어갈 수 있었다.

"너! 거기 서!" 주디가 강하게 외쳤다.

"이봐, 주차 단속원! 진짜 경찰이 올 때까지 기다리라고!" 맥혼이 외쳤다.

리틀 로덴시아는 작은 생쥐들로 가득했다. 그리고 그사이를 뛰어다니는 주디와 족제비는 마치 작은 거리를 누비는 거인 같았다.

생쥐 스쿨버스가 족제비를 피하려고 방향을 휙 틀다가 하늘로 붕 떠올랐다. 주디는 공중에서 버스를 잡아 재앙을 막았다. 버스에 탄 생쥐들은 주디가 버스를 살며시 내려놓자 환호했다. 족제비가 생쥐 건물 꼭대기에서 뛰어내려 건물을 넘어뜨리는 것이 주디의 눈에 들어왔다. 주디는 족제비가 넘어뜨린 건물 하나하나를 지키려고 애썼다. 그러자 족제비는 달리는 생쥐 기차 위로 뛰어올랐다.

"잘 가라, 토끼 경찰!" 족제비는 멀어지는 기차 위에서 킬킬댔다.

하지만 주디는 포기할 생각이 없었다. 그녀는 족제비를 기차 밖으로 밀어낼 수 있을 때까지 빠르게 달렸고, 마침내 그를 밀어냈지만 그 충격으로 주디도 넘어졌다. 그녀가 넘어진 틈을 타 족제비가 쥐들 사이를 맹렬히 뚫고 지나가자, 그들은 비명을 지르며 달아났다.

"이봐! 거기 꼼짝 말고 있어!" 주디가 외쳤다.

"도넛이나 먹어라, 경찰 아가씨!" 족제비는 낄낄대며 가게 앞에서 거대한 도넛 간판을 뜯어 주디에게 던졌다. 하지만 도넛은 빗맞아 마우지 백화점에서 나오던 땃쥐들 몇 마리 쪽으로 튕겨 갔다.

"세상에, 그 호피 무늬 레깅스 봤어?" 멋쟁이 땃쥐가 친구들에게 말했다. 그녀는 돌아서더니 자신을 향해 굴러오는 도넛을 보고 공포에 질려 비명을 질렀다. "*꺄아악!*"

도넛이 땃쥐를 깔아뭉개기 직전, 주디가 도넛 앞으로 움직여 팔로 도넛을 받아냈다. 그러고는 땃쥐에게 돌아서서 말했다. "헤어스타일 마음에 들어요."

"어머, 고마워요." 땃쥐가 감동하며 말했다.

주디는 곁눈질로 족제비가 도망치려 하는 것을 보았다. 주디는 거대한 도넛을 족제비 머리 위로 던져 족제비를 그 안에 가뒀다. 족제비는 완전히 갇혀 버렸다!

잠시 후, 족제비는 도넛에 낀 채로 주토피아 경찰서 로비 정문을 통해 굴러 들어와 클로하우저의 책상에 쿵 하고 부딪혔다.

"제가 족제비를 잡았어요!" 주디가 신이 나 외쳤다.

보고 서장이 다른 방에서 소리 질렀다. "홉스!"

주디는 교장실에 불려 간 아이처럼 보고 서장 앞에 놓인 거대한 의자에 앉았다. 보고 서장은 앞에 놓인 보고서를 검토하고 있었다.

"임무를 팽개치고, 소동을 일으키고, 설치류들을 무모한 위험에 빠뜨리고… 공정하게 말하자면, 자네는 음… 어디 보자… 곰팡이 핀 양파 두 자루를 훔친 대도둑을 막았군." 보고 서장은 주디가 잡은 범죄자 듀크 위즐턴에게서 압수한 가방을 책상에 올려놓고 똑바로 쳐다보았다.

"이렇게 말씀드리고 싶진 않지만, 서장님 저건 양파가 아닙니다." 주디가 대답했다. "저건 *돌아뿌리 버럭시아*스라는 크로커스 변종인데요. C등급 식물입니다, 서장님. 저희 집이 식물 재배에 종사해서요."

"그 조그만 입 당장 다물어." 보고 서장이 말했다.

"서장님, 제가 범인을 잡았어요. 제 일이니까요."

"자네 임무는 주차 위반 딱지를 붙이는 거야."

그때 보고 서장의 인터폰이 삐 하고 울리더니 클로하우저의 목소리가 흘러나왔다. "서장님, 음…, 오터톤 부인이 또 찾아왔는데요."

"지금은 안 돼." 보고 서장이 말했다.

"네, 이번에는 시간을 내 주실 수 있을지 몰라서…." 클로하우저가 말했다.

"지금은 안 된다고!"

"하지만 서장님, 저는 주차 단속원이 되고 싶지 않아요. 제가 되고 싶은 건…."

"시장이 널 여기로 보낼 때 내가 뭘 원하는지 시장이 물어봤을 거라고 생각하나?" 보고 서장이 말을 끊었다.

"하지만, 서장님…."

"인생은 노래 한 소절 부르면 시시한 꿈이 마법처럼 이뤄지는 그런 만화 같은 뮤지컬이 아니야. 그러니까 꿈 깨."

바로 그때, 수달 오터톤 부인이 불쑥 들어왔고, 그 뒤로 클로하우저가 숨을 헐떡이며 뒤따라오는 게 보였다.

“서장님, 제발요. 딱 5분이면 돼요.” 오터톤 부인이 애원했다.

“죄송합니다, 서장님. 막아 보려 했는데, 오터톤 부인은 정말 미끄럽네요. 앉아서 좀 쉴게요.” 클로하우저가 숨을 헐떡이며 말했다.

“부인, 제가 말씀드렸지만, 저희는 최선을 다 하고 있습니다.” 보고 서장이 말했다.

“남편이 실종된 지 열흘째예요. 이름은 에밋 오터톤이죠.” 부인은 가족사진을 들고 있었다.

“네, 저도 압니다.”

“남편은 원예사예요. 우리에게는 예쁜 아이도 둘이나 있고요. 절대 그냥 사라질리가 없어요.”

“부인, 형사들이 전부 너무 바빠서요.”

“제발요. 제 남편을 찾아 줄 누군가가 있을 거예요.”

보고 서장은 오터톤 부인을 진정시키려 애썼지만 소용없었다. 그녀는 계속해서 실종된 남편에 대한 걱정을 늘어놓았다.

“제가 찾아보겠습니다.” 주디가 말했다.

보고 서장은 곧 폭발할 듯한 표정으로 주디를 바라보았다. 그러곤 오터톤 부인이 주디를 꼭 안아 주는 것을 지켜보았다.

“정말 복 받으실 거예요. 작은 토끼 경관님!” 오터톤 부인은 안도하며 말했다. “제 남편을 찾아서 저와 제 아이들에게로 데려다 주세요. 부탁이에요.”

보고 서장은 끙하며 앓는 소리를 내더니 오터톤 부인을 밖으로 안내했다. "오터톤 부인, 밖에서 기다려 주세요."

보고 서장은 문을 닫고 화가 난 채로 주디에게로 돌아섰다. "넌 해고야."

"네? 왜죠?" 주디가 물었다.

"명령 불복종이니까. 자 이제 내가 이 문을 열면, 너는 수달 부인에게 가서 말해야 해. 네가 과대망상에 빠진 전직 주차 단속원이라고, 그래서 이 사건은 맡지 않을 거라고."

보고 서장이 문을 열었을 때, 그곳에는 벨웨더 부시장이 오터톤 부인을 꼭 안아 주고 있었다.

"방금 들었어요! 홉스 경관이 이 사건을 맡기로 했다면서요!" 벨웨더 부시장이 행복하게 말했다. 벨웨더는 휴대폰을 꺼내 문자를 쓰기 시작했다. "포유류 통합 정책이 정말 효과가 있네요. 라이언하트 시장님도 정말 기뻐하실 거예요."

"아직 시장님께는 말씀드리지 않는 게…." 보고 서장이 말했다.

"그런데 이미 문자를 보냈고, 전송했고, 문자가 가 버렸네요." 벨웨더 부시장이 끼어들었다. "이 사건은 적임자가 맡은 것 같네요." 벨웨더 부시장이 주디에게 미소 지었다. "우리 같은 작은 동물끼리 함께 뭉쳐야죠! 그렇죠?"

"접착제처럼요." 주디가 대답했다.

"좋은 말이에요. 언제든 도움이 필요하면 저에게 연락하세요. 시청에는 항상 당신의 친구가 있어요, 주디. 자, 그럼 갈게요!"

"감사합니다, 부시장님." 주디가 말했다.

보고 서장은 억지로 웃으며 문을 닫았다. 그러곤 이전보다 더 화가 나 주디를 향해 돌아섰다.

"48시간 준다." 보고 서장이 말했다.

"네!" 주디가 힘차게 대답했다.

"이틀 안에 에밋 오터톤을 찾아."

"네."

"하지만 실패하면, 그만두는 거야."

주디는 서장의 제안을 믿을 수가 없었다. "오, 어…." 주디는 잠시 생각하더니 고개를 끄덕였다. "네… 그러죠." 주디가 말했다.

"훌륭해, 클로하우저가 사건 파일 전체를 보여 줄 거야." 보고 서장이 말했다.

신이 난 주디는 사건 파일을 받으러 서둘러 안내 데스크로 갔다. "자, 여기 있어." 클로하우저가 노래하듯 말하며 파일을 건넸다. "실종된 수달 한 마리!"

주디는 파일을 열곤 입을 떡 벌렸다. 안에는 달랑 종이 한 장뿐이었다. "이게 다예요?" 주디가 믿을 수 없다는 듯 말했다.

"세상에! 내가 본 것 중에 가장 짧은 사건 파일이네. 단서 없지, 목격자 없지, 게다가 너는 아직 컴퓨터 시스템에 등록되어 있지 않으니, 지원도 없네." 클로하우저가 킥킥댔다. "이 사건을 해결하는 데 네 경력을 걸지 않았길 바라." 클로하우저가 웃으며 말했다.

하지만 주디는 웃을 수가 없었다. 클로하우저는 도넛을 한입 베어 물었다. 도넛 부스러기가 파일 속 사진 위로 떨어졌다.

"마지막으로 목격된 장소가…." 주디는 클로하우저의 도넛 부스러기 아래에 있는 사진을 살펴보았다. 교통 카메라에 찍힌 사진으로, 오터톤 씨는 거리에 있었다. 주디는 부스러기를 불어 냈다. 그러자 사진에서 뭔가가 눈에 들어왔다. 주디는 눈을 가늘게 뜨고 살펴보았다. 여전히 잘 보이지 않아 주디는 주변을 둘러보았다. "이것 좀 잠깐 빌릴게요." 주디는 클로하우저의 빈 콜라병을 잡아챘다. 그러곤 병 바닥의 유리를 사용해 사진을 확대해 보았다. 오터톤 씨가 하드를 들고 있는 모습이 분명히 보였다. 주디는 사진을 자세히 살펴본 후 생각에 잠겼다. "발바닥 하드!"

"그게 살인 무기인가 봐!" 클로하우저가 고개를 끄덕이며 말했다.

"발바닥 하드 사세요…." 주디가 닉과의 사건을 떠올렸다.

"응? 그러니까… 그게 무슨 뜻이야?" 클로하우저가 물었다.

"무슨 말이냐면, 제가… 단서를 잡았다는 뜻이죠." 주디는 어리둥절한 얼굴로 앉아 있는 클로하우저를 뒤로 하고 밖으로 향했다.

10장

주디는 주차 단속 카트를 타고 돌아다니다 유모차를 밀며 걸어가고 있는 닉을 발견했다. 주디는 그를 보자 미소를 지었다. "이봐, 안녕? 또 나야."

"이런, 삐–삐 경관이네." 닉이 히죽댔다.

"호호호! 아니, 난 홉스 경관이지." 주디는 그에게 맞춰 주려 억지로 가짜 웃음을 터뜨렸다. "어떤 사건에 대해 몇 가지 물어볼 게 있어."

"무슨 일인데, 주차 단속원, 누가 교통콘이라도 훔쳐 갔나? 난 아냐."

닉은 유모차를 밀며 계속 걸었다. 모퉁이를 지날 즈음 주디가 그의 앞을 가로막았다.

"홍당무, 아기 깨겠어. 난 일하러 가야 해." 닉이 말했다.

"정말 중요한 일이야. 그러니까 10달러짜리 하드는 조금 있다가 팔아도 될 것 같은데."

닉은 주디를 쳐다보며 눈썹을 추켜세웠다. "이봐, 난 하루에

200달러를 벌어, 털복숭아. 12살 때부터 1년 365일 내내 말이지. 시간은 돈이야. 그러니 저리 비켜."

"부탁이야. 이 사진만 좀 봐줘." 주디가 오터톤 씨의 사진을 들고 말했다. "오터톤 씨한테 하드 팔았지, 그렇지? 그를 알아?"

"아가씨, 난 모두를 알아. 그리고 잃어버린 봉제 인형이 있다는 장난감 가게도 알지. 그러니 그 가게 장난감 상자로 돌아가는 게 어때?"

주디의 귀가 축 늘어졌다. "알았어. 그럼 힘든 방법으로 가야겠네." 주디는 유모차 바퀴에 주차 잠금장치를 끼워 고정했다.

"방금 내 유모차에 잠금장치를 건 거야?"

"니콜라스 와일드, 당신을 체포합니다." 주디가 말했다.

닉은 재미있다는 듯 웃으며 물었다. "무슨 죄로?"

"탈세는 중범죄야." 주디가 대답했다.

닉은 급격히 미소를 잃었다.

"보자…." 주디는 계속해서 말했다. "하루에 200달러, 1년 365일 하루도 빠지지 않고 했었다면, 12살 때부터니까 20년이란 말이지. 20을 곱하면… 146만 달러쯤 되네. 난 말이야, 난 그냥 멍청한 토끼잖아. 그래도 우리가 곱셈은 잘하거든. 어쨌든 네 세금 신고서를 보면 말이야." 주디는 닉에게 세금 신고서 몇 장을 내밀었다. "여기 신고한 것을 보면, 지금까지 낸 세금이 0이네요. 안타깝지만 소득 신고를 거짓으로 작성하는 건 중범죄지. 5년 형이야."

"글쎄, 누가 내 말을 들었어야지. 너밖에 없잖아." 닉이 말했다.

주디는 당근 모양의 펜을 들어 버튼을 딸깍 눌렀다. 갑자기 펜 안의 스피커에서 닉의 목소리가 재생되었다. "난 하루에 200달러를 벌어, 털북숭아. 12살 때부터 1년 365일 내내 말이지."

"벌써 자백은 했네." 주디가 말했다. "이 펜을 갖고 싶으면 내 수사에 협조해, 아니면 교도소 안 식당에서 발바닥 하드나 팔든가." 주디가 씩 웃었다. "이걸 뒤통수치기라고 하는 거야, 아저씨."

유모차 안에서 핀닉이 큰 소리로 웃었다. "아주 제대로 걸렸네. 넌 완전히 속은 거라고. 이제 넌 경찰이야, 닉. 그럼 이게 꼭 필요할 거야!" 핀닉이 자신의 ZPD 배지 스티커를 닉에게 붙여 주었다. "토끼랑 즐겁게 일해 보라고!" 핀닉은 유모차에서 뛰어내리더니 가 버렸다.

닉은 오터톤 씨의 사진을 받아 들고 살펴보았다.

"이제 말해 봐." 주디가 말했다.

"그가 어디 있는지는 몰라. 어디로 갔는지만 봤지."

주디는 그에게 환한 미소를 지으며 자신의 카트 조수석을 툭툭 쳤다. "좋아, 가자고!"

"작고 귀여운 토끼가 갈 만한 장소는 아니야." 닉이 말했다.

"나한테 귀엽다는 말 하지 마." 주디가 말했다. "차에 타."

"알겠어, 네가 보스니까." 닉이 카트에 타자 둘은 출발했다.

11장

닉은 주디를 미스틱 스프링 오아시스라는 곳으로 데려갔다. 향 냄새가 진동을 하는 문 안에는 약스라는 이름의 야크가 명상하며 앉아 있었다. 씻지 않은 그의 몸 주변에는 파리들이 윙윙대며 날아다녔다. "오오오오오오오오오호옴." 그가 읊조렸다. 파리들의 윙윙거림도 그의 목소리와 절묘하게 어울려 퍼졌다. "오오오오오오오오호옴."

주디는 약스에게 다가갔다. "안녕하세요! 저는…."

"오, 저기 말 끊어서 미안한데, 토끼 스카우트 쿠키라면 이미 충분해." 약스는 마치 정신이 반쯤 다른 데 가 있는 것처럼 천천히 말했다.

"저는 주토피아 경찰서의 홉스 경관입니다. 실종된 포유류 에밋 오터톤을 찾고 있어요." 주디는 약스에게 사진을 보여 주며 말을 이었다. "여기 자주 들렀던 것 같거든요."

약스는 사진을 보더니 눈을 크게 뜨며, 무엇인가 중요한 말을 꺼내려는 표정을 지었다.

"에취!" 약스가 재채기하자 파리들이 사방으로 흩어졌다가 다시 돌아와 그의 주위를 맴돌았다. "네, 에밋 아저씨 말이죠. 몇 주 뜸하시긴 했어요. 아, 맞다. 요가 선생님께 가서 물어보세요. 제가 모셔다드릴게요." 약스는 클럽의 다른 구역을 보며 고개를 끄덕였다.

"정말 고마워요. 저희에게 정말 큰…." 약스가 카운터 뒤를 돌아 나오는 순간, 주디는 그가 입고 있는, 아니 아무것도 입고 있지 않은 모습에 말을 잇지 못했다. "다 벗었네요!"

"어? 오, 그럼요. 여기는 자연주의 클럽인걸요." 약스가 태연하게 말했다.

"맞아, 주토피아에선 누구나 무엇이든 될 수 있으니까." 닉이 씩 웃으며 말했다. "그리고 여기 이 친구들은, 다 벗고 다니지."

"난기는 '행복의 풀장' 반대쪽에 있어요. 이쪽으로 오세요, 여러분."

주디는 행복의 풀장이 대체 무엇일지 궁금해하다 입을 떡 벌렸다. 그곳에 도착하자, 벌거벗은 동물들이 햇볕을 쬐거나, 놀면서 여유롭게 쉬고 있었다. 그 광경을 본 주디는 거의 눈이 튀어나올 뻔했다. 닉이 주디 쪽으로 몸을 기울였다. "이게 불편한 거야? 그럼, 지금 포기해도 창피할 것 없어. 아무도 뭐라고 안 할 테니까."

"됐어. 그만두는 건 부끄러운 거야." 주디가 말했다. 주디는 그 어느 때보다도 이 사건을 계속 수사해야겠다고 결심했다.

"이야, 바로 그거지." 닉이 장난스럽게 말했다.

주디는 정원에서 아무렇지 않게 행동하려 애썼다. 하지만 이리저리 시선을 옮기며 시선을 고정할 만한 곳을 찾았다.

"맞아요, 어떤 포유류들은 자연주의적 삶이 이상하다고들 하죠." 약스가 말했다. "하지만 정말 이상한 게 뭘까요? 옷 입은 동물이에요! 자, 다 왔어요. 보시다시피 난기는 코끼리라 한 번 본 건 몽땅 다 기억하죠."

난기는 낯선 방문객을 호기심 어린 눈으로 바라보았다.

"이봐, 난기, 이분들이 수달 에밋에 대해서 몇 가지 물어보고 싶은 게 있대."

"누구?" 난기가 물었다.

"에밋 오터톤." 약스가 곧바로 대답했다. "자기 요가 수업을 6년 동안 계속 들었잖아."

"난 그런 비버는 몰라." 난기가 말했다.

"아, 그분은 수달이에요." 주디는 난기의 말을 정정하며 절망적인 표정으로 닉을 돌아보았다.

"2주 전 수요일에 여기 왔었잖아. 기억나지?" 약스가 난기에게 상기시켜 주었다.

하지만 코끼리는 그저 고개를 저었다. "아니."

"음, 초록색 케이블 니트 스웨터 조끼에 새 코듀로이 바지를 입었던 수달 있잖아. 아, 페이즐리 무늬 넥타이를 윈저 매듭으로 단단하게 맸었는데. 기억나지, 난기?"

주디는 자신의 행운을 믿을 수가 없었다. 약스는 보물 창고와 다름없었다! 주디는 급하게 모든 것을 받아 적었다.

"아니." 난기가 또 똑같이 대답했다.

"근데 혹시 그때 차의 번호판을 보지 않았나요?" 주디가 물었다.

"오, 물론이지. 29THD03이야." 약스가 고개를 끄덕였다.

주디의 펜이 빠르게 움직였다. "…03, 와우, 큰 도움이 됐어요. 고마워요."

약스가 미소 지었다. "내가 말했잖아, 난기의 기억력은 철통같다고. 나도 코끼리 같은 기억력을 가졌으면 좋겠어."

클럽 밖, 사하라 광장에서 닉은 의기양양하게 웃었다. "음, 난 정말 재미있었어. 단서에 대한 감사 인사는 넣어 둬. 어떤 바보라도 번호판은 조회할 수 있으니까. 그럼 난 이제 그 펜 가져가고, 우린 이만 헤어지자고."

주디가 펜을 내밀었다. 하지만 닉이 그것을 잡으려는 순간, 주디는 뭔가를 깨닫고 닉이 펜을 가져가기 전에 얼른 다시 집어넣었다. "번호판… 난 번호판 조회 못 해… 아직 시스템에 등록이 안 됐어." 주디는 펜을 다시 주머니에 넣고는 닉에게 씩 웃어 보였다.

"펜이나 주시지." 닉이 말했다.

"좀 전에 뭐랬지? 바보도 번호판 조회는 할 수 있다고? 아… 그럴만한 바보가 있다면 얼마나 좋을까…." 주디가 말했다.

"이봐 토끼, 난 부탁 들어줬어. 그걸로 평생 우려먹겠다는 거잖아." 닉이 말했다.

"아니, 평생은 아니야. 앞으로…." 주디가 잠시 말을 멈추곤 휴대폰을 확인했다. "36시간 안에 사건을 해결해야 하거든. 번호판 조회할 수 있어, 없어?"

닉은 주디를 노려보다 천천히 씩 웃었다. "막 생각났는데, 차량국에 내 친구가 있어."

12장

포유류 차량국 안에는 도움이 필요한 동물들이 길게 줄을 서서 기다리고 있었다.

"모두 나무늘보잖아!" 주디는 직원들을 보며 소리쳤다. 닉이 미소를 지었다. "순식간에 가능할 거라고 했잖아!"

"뭐? 나무늘보라서 빨리 못할 거라는 거야?" 닉이 순진한 척하며 말했다. "주토피아에선 누구나 뭐든 될 수 있다고 생각하는데."

닉은 주디를 자신의 친구 플래시가 있는 창구로 데려갔다. "플래시, 플래시, 100미터 달리기 선수! 친구, 반가워." 닉이 말했다.

플래시는 한참 동안 닉을 바라보았다. "나도… 무지… 반가… 워… 요…." 플래시가 느릿느릿 말했다.

"플래시, 내 친구를 소개할게. 자기야, 네 이름이 뭐였지."

"주디 홉스 경관입니다." 주디가 자신의 배지를 보여 주며 말했다. "주토피아 경찰입니다. 안녕하세요?"

플래시는 10초 정도 주디를 바라보며 아무 대답도 하지 않았다. "저는… 잘… 지내… 고…."

주디는 참을 수가 없었다. “잘 지내신다고요?” 주디는 대화를 이어가려고 먼저 말했다.

“될 수… 있는… 한… 그냥… 잘….” 플래시가 계속 말을 이었다.

“참아.” 닉이 말했다. 그는 이 상황을 만끽하고 있었다.

“…오늘… 오… 신….”

“번호판을 조회해 주셨으면 하는데….”

“목적… 이….”

“번호판을 조회….”

“뭐죠?” 플래시가 마침내 문장을 완성했다.

“네, 차량 번호 조회를 부탁하려고요. 정말 급해요.” 주디가 대답했다.

플래시는 잠시 기다린 뒤 대답을 시작했다. “물론… 이죠… 그럼… 차… 번호가….”

“2, 9.” 주디가 말을 시작했다.

“…뭐죠?” 플래시가 물었다.

주디는 숨을 깊이 들이쉬었다. “29THD03.”

플래시는 잠시 후 그것을 반복했다. “2… 9….”

“THD03.” 주디가 말했다.

“T….” 플래시가 말했다.

플래시가 번호의 첫 부분을 시스템에 입력하는 것만 해도 오랜 시간이 걸렸다. 플래시가 마지막 숫자를 입력하려던 순간, 닉이 방해했다. “이봐, 플래시, 농담 하나 해 줄까?

"하지 마!" 주디가 소리쳤다.

"낙타가 혹이 3개면 뭘까?"

"모르… 겠는… 데. 뭐라고… 부르… 는…."

주디는 농담을 빨리 끝내려고 재빨리 말했다. "혹이 3개인 낙타."

"지… 혹이… 3개인… 낙타?" 플래시가 말했다.

"임신한 낙타." 닉이 대답했다.

플래시는 처음엔 아무 반응을 보이지 않았다. 그러다 천천히 고개를 들며 환하게 웃었다.

"하… 하… 하… 하…."

주디는 점점 초조해졌다. "하, 하, 그래, 정말 재밌네, 아주 재밌어. 제발 그냥 집중할 수 있을까?"

플래시는 옆에 있는 나무늘보 쪽을 바라보았다. "저기… 프리실라…."

"응… 플래시?" 프리실라도 똑같이 천천히 대답했다.

"뭐라고… 부르게…."

"혹이 3개인 낙타? 임신한 낙타!" 주디가 완전히 절망해 소리쳤다.

"혹이… 3개인… ?"

주디는 정신이 나갈 것 같았다. "*아아아아아아아악!*"

차량국에 들어가고 몇 시간이 흐른 뒤, 도트 매트릭스 프린터가 번호판 번호의 주소가 담긴 종이를 천천히 뱉어냈다.

"여기…." 플래시가 주디에게 건네주며 말했다.

"네, 네, 네, 고마워요!" 주디가 말했다.

"…있어."

"29THD03." 주디가 출력물을 정신없이 읽으며 말했다. "등록된 번호판이… 툰드라 타운 리무진 서비스? 리무진이 오터톤을 태워 갔고, 리무진은 툰드라 타운에… 툰드라 타운에 있어!"

"정말 번개 같았어, 친구. 사랑해, 한턱낼게." 닉이 플래시에 말했다.

"서둘러, 퇴근 시간 전에 도착해야 해 그리고…." 주디는 이렇게 말하며 서둘러 문을 열고 급하게 나갔다. "밤이잖아!" 주디는 깜짝 놀라 하늘을 쳐다보았다. 완전히 캄캄했다.

차량국에서 몇 시간 동안이나 있었던 것이다! 주디에게 주어진 시간이 얼마 남지 않았다.

13장

주디와 닉은 춥디추운 툰드라 타운으로 차를 몰았다. 그곳은 모든 것이 눈과 얼음으로 뒤덮여 있었다. 툰드라 타운 리무진 서비스를 찾아갔지만 굳게 잠겨 있었다.

"잠겼어." 주디는 문의 자물쇠를 가리키며 말했다. "환장하겠네."

"그리고 여기에 들어갈 수 있는 영장도 없잖아, 안 그래? 음, 큰일이네. 정말 유감이다." 닉이 말했다.

"네가 일부러 하루를 날린 거잖아." 주디가 말했다.

"경관님, 이런 가짜 배지를 단 제가, 어떻게 가짜 수사를 방해할 수 있겠습니까."

"난 가짜 수사를 하는 게 아니야." 주디가 오터톤의 사진을 닉에게 보여 주며 말했다. "봐! 보라고! 보이지? 이 수달이 실종됐다고!"

"음, 그럼 진짜 경찰이 조사했었어야지."

주디는 닉이 자신을 괴롭히도록 내버려두고 싶지 않았다. "대체 왜 그러는 거야? 내가 실패하는 걸 봐야 너의 불쌍하고 비참한 인생이 좀 나아질 것 같은 거야?"

닉은 대답하기 전 잠시 그 질문에 대해 고민하는 듯했다. "응, 완전 백 퍼센트. 그건 그렇고, 넌 영장이 없으니 우리 볼일도 이제 끝난 거지?"

주디는 어쩔 수 없다는 듯이 한숨을 쉬었다. "좋아, 볼일은 끝났어. 여기 펜 가져가." 주디는 이렇게 말하며 펜을 울타리 너머 주차장으로 던졌다.

"이봐." 닉은 어리둥절한 표정으로 주디를 노려보았다. "우선, 딱 토끼처럼 던지네. 그리고 둘째, 넌 정말 한심한 패배자야." 닉은 울타리를 기어 올라가기 시작했다. "나중에 봐. 털북숭이 경관. 이렇게 끝나다니 정말 아쉽네. 더 도울 수 있었으면 좋았을 텐데."

닉은 울타리 너머로 뛰어내리는데 그곳에는 주디가 펜을 들고 먼저 와 있었다.

"문제는 말이죠." 주디가 말했다. "합리적인 근거가 있으면 영장이 필요 없다는 거야. 그리고 난 방금 어떤 밑바닥 인생이 울타리를 넘는 걸 봤거든. 그러니 네가 꽤 도와준 셈이지. 가자." 주디는 경쾌하게 휘파람을 불며 먼저 출발했다.

닉은 짜증 난 표정으로 그녀를 바라보았지만, 그 얼굴에는 주디의 꾀를 인정하는 미묘한 존경심도 묻어 있었다.

주차장에서 닉은 번호판을 보기 위해 범퍼 뒤쪽의 눈을 닦아냈다.

"29THD03, 이거야." 주디가 번호판을 읽었다.

리무진은 사실 '냉동 리무진'이었다. 냉장고 문처럼 두꺼운 문이 달려 있었고, 내부는 차가웠다. 주디는 핀셋과 증거물 봉투를 꺼내 들고 닉과 함께 냉기가 도는 리무진 안을 살폈다.

"북극곰 털이야." 주디가 핀셋으로 털을 한 올 집어 들었다.

"오 이런!" 닉이 외쳤다.

"뭐? 뭔데!" 주디가 닉이 왜 흥분했는지 보려고 몸을 돌렸다. 닉은 차의 글로브박스를 연 상태였다.

"*제리 볼의 벨빗파이프스야!*" 닉이 제리 볼의 시디를 보여 주며 말했다. "하지만 시디라니? 요즘 누가 시디를 듣지?"

주디는 다시 이리저리 살피며 진짜 단서를 수집하는 일로 돌아갔다. 닉은 뒷좌석 칸막이를 내려보더니 눈썹을 번쩍 추켜세웠다. "홍당무, 만약 네가 찾는 수달이 여기 있었다면, 정말 끔찍한 하루를 보냈을 것 같아."

닉과 주디는 뒷좌석을 응시했다. 좌석은 갈기갈기 찢어져 있었다! 폭력적으로 보이는 발톱 자국이 여기저기 나 있었다.

"이런 걸 본 적 있어?" 주디가 물었다.

닉은 걱정스러운 얼굴로 고개를 저었다. "없었어."

주디는 바닥에 놓인 지갑을 하나 발견해 집어 들었다. 지갑을 열자, 오터톤 씨의 운전면허증과 그의 꽃집 명함이 들어 있었다. "그 수달이야! 에밋 오터톤. 확실히 여기 있었네. 무슨 일이 있었던 걸까?"

닉은 난감한 듯 고개를 저었다. 그러다 닉의 시선이 리무진 바에 있는 칵테일 잔들로 향했다. 잔들에는 B라는 글자가 새겨져 있었다.

"잠깐만." 닉이 의심스러운 듯 말했다. "북극곰 털에… 생쥐 래퍼의 음악에… 고급스러운 잔들…." 닉은 주디를 향해 돌아섰다. "누구 차인지 알겠어, 당장 나가야 해."

"왜, 누구 차인데?" 주디가 물었다.

닉은 초조하게 리무진 주변을 서둘러 돌아다니며 모든 것을 제자리에 돌려놓으려고 했다. "툰드라 타운에서 가장 위험한 범죄 조직의 보스야. 동물들은 그를 미스터 빅이라고 부르는데, 그는 나를 *싫어해*. 그러니 당장 떠나야 해!"

"난 안 가. 여긴 범죄 현장이야." 주디가 말했다.

"만약 미스터 빅이 나를 발견하면 여긴 더 큰 범죄 현장이 될 거야. 그러니 지금 당장 나가자!"

닉은 리무진 문을 향해 급하게 뛰었지만, 닉이 문을 열었을 때 덩치 큰 북극곰 두 마리가 그를 내려다보고 있었다. "레이몬드! 넌 케빈이지?" 닉은 신난 것처럼 말하려 애썼다. "진짜 오랜만이야! 오랜만이라는 말이 나온 김에, 그냥 못 본 걸로 해 주면 안 되겠어? 옛정을 생각해서."

북극곰들은 아무 말없이 닉과 주디를 리무진에서 끌어낸 다음 둘을 차에 밀어 넣고 양쪽에 앉았다.

"뭘 어떻게 했기에 미스터 빅이 너한테 그렇게 화가 난 거야?"

주디가 닉에게 물었다.

"내가 음, 아주 비싼 양모 카펫을 미스터 빅에게 팔았는데, 아니 아닐 수도 있어. 왜냐면 그게… 그걸 만든 털이 음… 스컹크 똥구멍 털이었거든." 닉이 조용히 말했다.

"오 정말 넌 최악 중의 최악이야." 주디가 말했다.

잠시 후, 차는 경비가 지키고 있던 문을 통과해 미스터 빅의 집이 있는 거대한 주거 단지로 들어갔다.

14장

주디와 닉은 집 안으로 끌려가 호화롭게 장식된 사무실로 들어갔다. 덩치 큰 북극곰 한 마리가 방으로 들어왔다.

"저분이 미스터 빅이야?" 주디가 닉에게 속삭였다.

"아니." 닉이 대답했다.

이번엔 더 큰 북극곰이 뒤에서 느릿느릿 들어왔다.

"저분이야? 저 곰이야?" 주디가 물었다.

"아니야." 닉이 짜증을 내며 대답했다.

그러자 그들을 따라 더 큰 북극곰이 다른 곰들 뒤로 들어왔다.

"좋아, 그럼 저 곰이겠네." 주디가 물었다.

"그만 말해. 조용히 하라고. 그 입 좀 다물어."

가장 큰 북극곰은 거대한 발톱에 아주 작은 의자를 들고 있었다. 그 의자에는 작은 북극 땃쥐가 앉아 있었다.

"미스터 빅, 보스, 이건 단순한 오해…." 닉이 말문을 열었다.

주디는 작은 땃쥐를 몹시 놀란 눈으로 바라보았다. *그가 미스터 빅이라고?*

미스터 빅이 작은 손가락을 내밀자, 닉은 손가락에 끼워진 반지에 입을 맞췄다.

"이건 단순한 오해이십니다." 닉이 말했다.

미스터 빅은 닉에게 조용히 하라는 손짓했다. "내 딸이 결혼하는 날에... 아무 예고도 없이 여기를 찾아왔겠다?" 미스터 빅의 쉰 목소리는 권위적인 어조를 띠었지만, 그의 몸집처럼 들리기도 했다. 매우 작았던 것이다.

"음, 저희는 사실 억지로 끌려왔고… 요점은 전 그게 보스의 차인 줄 몰랐습니다. 또 따님의 결혼식인지도 몰랐고요." 닉은 초조하게 웃으며 말했다.

"나는 너를 믿었다, 니키. 그래서 널 가족으로 받아들이고, 빵을 함께 나눠 먹었지. 할머니는 네게 카놀리까지 만들어 주셨어." 미스터 빅은 잔뜩 찌푸린 얼굴로 턱을 긁으며 닉을 차가운 눈빛으로 바라보았다. "그런데 너는 그 은혜를 어떻게 갚았지? 넌 내게 스컹크 똥구멍 털로 만든 카펫을… 팔았지. 스컹크 똥구멍 털 카펫. 넌 날 모욕했다. 그리고 그 카펫에 싸여 묻힌 내 할머니도 모욕한 거야. 난 네게 다신 나타나지 말라고 했을 텐데. 새로운 친구와 함께 여길 기웃거리고 있군." 미스터 빅이 주디를 가리키며 물었다. "넌 뭐지, 연기자인가? 그 복장은 뭐야?"

주디는 대답을 하려 했다. "선생님, 전 경…."

"마임!" 닉이 주디의 말을 끊으며 소리쳤다. "마임 배우예요. 마임은 말을 하면 안 되죠. 마임을 할 때는 말을 할 수가 없어요."

“아니. 전 경찰이에요.” 주디가 말했다.

미스터 빅이 동요하며 작은 의자에서 몸을 일으켰다.

“에밋 오터톤 사건을 조사 중이에요. 선생님 차에 오터톤이 탔다는 증거가 있죠. 그러니 위협하고 싶으면 해 봐요. 저는 당신이 그 수달에게 무슨 짓을 했는지 반드시 밝혀내고 말 거에요.”

미스터 빅은 주디의 말을 잠시 생각하더니 퉁명스럽게 말했다. “그렇다면 부탁 하나 하지. 내 할머니께 안부 인사 전해 줘. 얼려 버려!” 미스터 빅이 북극곰들에게 소리쳤다.

“으악! 전 아무것도 못 봤어요. 아무 말도 안 할게요.” 닉은 꽁꽁 얼고 싶지 않아 최대한 몸부림쳤다.

“그리고 영원히 알아내지 못할 거다.” 미스터 빅이 차갑게 말했다.

북극곰들은 주디와 닉을 들어 올려 미스터 빅의 책상 앞에 미리 열어 둔 물과 얼음으로 된 구덩이 아래로 던질 준비를 했다.

“제발요! 안 돼! 안 돼요! 카펫 때문에 화가 나신 거라면 제게 카펫이 더 많이 있어요.” 닉이 애원했다.

북극곰들이 닉과 주디를 구덩이 위로 들어 올렸다. 그때 미스터 빅의 딸, 프루프루가 들어왔다. 그녀는 아빠만큼 작았으며, 웨딩드레스를 입고 있었다.

“아빠, 이제 우리 춤출 시간이에요.” 프루프루는 주디와 닉을 보더니 한숨을 쉬었다. 짜증이 난 게 분명했다.

“우리 뭐라고 얘기했었죠? 제 결혼식엔 아무도 안 얼리기로 했잖아요.”

"어쩔 수가 없다, 아가야, 아빠가 해야만 하는 일이야." 미스터 빅이 말했다. 그러더니 미스터 빅은 닉과 주디를 쳐다보고 차분하게 말했다. "얼려 버려."

닉과 주디가 비명을 질렀다.

"잠깐, 잠깐만요!" 프루프루가 소리쳤다. "저 토끼를 알아요. 어제 제 목숨을 구해 준 토끼예요. 그 거대한 도넛에게서요."

리틀 로덴시아에서 만났던 멋쟁이 땃쥐였다.

"저 토끼가?" 미스터 빅이 물었다.

"맞아요!" 프루프루가 주디를 향해 돌아서며 상냥하게 말했다. "안녕하세요."

"안녕하세요. 드레스가 참 예뻐요." 주디가 말했다.

"아, 고마워요." 프루프루가 말했다.

미스터 빅은 북극곰들에게 손짓했다. "내려놔." 그런 다음 주디를 바라보았다. "당신이 내게 아주 큰일을 해 주었소. 내가 그 수달을 찾게 도와주지. 당신의 친절을 받았으니… 되돌려 드리리다."

닉은 어리둥절한 채로 서 있다가 얼음 구덩이에 들어가지 않게 돼서 매우 기뻐했다.

15장

북극 동물들은 춤을 추고, 프루프루와 그녀의 신랑은 서로에게 케이크를 먹여 주었다. 닉과 주디는 미스터 빅 옆에 앉아 있었는데, 그 모습이 마치 거인처럼 보였다.

"오터톤은 내 원예사지. 가족이나 마찬가지야. 어느 날 내게 긴히 상의할 중요한 일이 있다더군. 그래서 차를 보내서 데려오게 했는데, 그는 도착하지 않았지."

"왜냐하면 공격당했으니까요." 주디가 말했다.

"아니… *그가* 공격했소." 미스터 빅이 설명했다. "그는 미쳐 버렸지. 차를 갈기갈기 찢고, 내 운전사를 초주검으로 만들어 놓은 다음, 어둠 속으로 사라져 버렸지."

"수달은 온순한 동물이에요." 주디가 말했다.

"아가씨, 우리는 진화했을지 모르지만… 내면 깊은 곳은 여전히 동물이오."

닉과 주디는 걱정스러운 시선을 주고받았다.

"오터톤을 찾고 싶다면… 그 차의 운전사와 이야기해 보게. 이름은 만차스. 열대 우림 구역에서 살지. 더 자세한 정보를 줄 수 있는 건 만차스뿐이야."

주디와 닉은 결혼식장을 떠나 다음 단서를 찾기 위해 곧장 울창하고 습한 열대 우림 구역으로 향했다.

수증기 나무들이 열대 우림 대기에 끊임없이 안개를 뿜어내는 가운데, 주디와 닉은 점점 더 높은 곳으로 올라갔다. 그들은 구불구불한 길을 따라 높은 캐노피가 있는 곳까지 다다랐다. 습한 안개가 걷히자, 이끼로 뒤덮인 만차스의 아파트가 눈에 들어왔다.

"만차스 씨?" 주디가 초인종을 누른 다음 그의 이름을 불렀다. "주토피아 경찰서의 주디 홉스입니다. 에밋 오터톤 씨에 관해 몇 가지 여쭤볼 것이 있습니다." 주디가 문을 두드리는 동안 닉은 만차스의 우편함을 뒤졌다.

"고양이 같네." 닉이 *〈캣 팬시〉* 잡지 한 권을 들고선 말했다. "이봐, 친구, 여기 참치 통조림이 있어. 문 열어 줘. 얘기 좀 하자."

"모든 고양이가 참치를 좋아하는 건 아니야." 주디가 말했다.

"오, 그래 알겠어." 닉이 대답한 뒤 문을 향해 다시 돌아섰다. "친구야, 여기 털실 뭉치 있다."

주디가 장난스럽게 닉을 툭 쳤다. "선생님, 제 파트너는 바보예요. 선생님에게 문제가 생긴 건 아닙니다. 단지 에밋 오터톤에게 무슨 일이 일어났는지 알고 싶을 뿐이에요."

마침내 문이 삐걱대는 소리를 내며 천천히 아주 조금 열렸다. "이렇게 물어봐야지… 그가 *내게* 무슨 짓을 했는지." 집 안에서 목소리가 들렸다.

걸쇠 때문에 문이 활짝 열리진 않았다. 하지만 틈 사이로 만차스가 커다란 재규어고 타박상에 긁힌 상처와 멍든 눈을 봤을 때 심하게 구타당했다는 것을 알 수 있었다.

"우와, 그 작은 수달이… 이렇게 한 거예요?" 닉이 물었다.

"무슨 일이… 있었던 거예요?" 주디가 물었다.

만차스는 마치 그날을 다시 경험하는 듯 괴로워하며 그 당시 상황을 설명했다. "그 녀석은 완전 *짐승*이었어. 네 발로 마구 기어다녔지. 그는 야수였어. 아무런 경고도 없이 그저 '밤의 울음꾼, 밤의 울음꾼'이라고 계속 소리만 질러 댔어."

닉과 주디가 시선을 교환했다. "오, 와우, 정말 놀랍네요. 사실 그것 때문에 당신을 찾아온 거예요. 밤의 울음꾼에 대해서요. 그렇죠?" 주디가 더 많은 정보를 얻으려 부추겼다.

"맞아요." 닉이 주디의 신호를 알아차리고 말했다. "당연하죠. 우리들이 여기까지 온 이유가 바로 *밤의 울음꾼, 그 밤의 울음꾼*에 대해서 얘기하려는 거니까요. 말해 주세요."

"네. 그러니 지금 그 문을 열고 아는 대로 말해 주시면, 우리도 아는 것을 다 말해 줄게요. 괜찮죠?" 주디가 설득했다.

만차스는 잠시 생각하더니 문을 닫았다.

그가 안에서 걸쇠를 하나씩 풀고 있을 때, 닉은 주디를 힐끗 보며 감탄했다. "보기보다 멍청하진 않구나." 닉이 말했다.

주디는 웃으며 닉의 팔을 세게 쳤다. 그때 만차스가 이상하게 끙끙대는 소리가 들렸다.

"만차스 씨? 괜찮으세요?" 주디가 물었다.

쿵쾅대는 큰 소리가 들렸다. 그러더니 문이 삐걱대며 조금 열렸다. 주디가 천천히 문을 밀자, 만차스가 방 한가운데에서 몸을 웅크리고 있었다.

"저기요?" 닉이 물었다.

만차스는 낮게 으르렁거리며 그들을 향해 돌아섰다. 그의 눈이 커져 있었다. 야수가 된 것이다! 그는 원시적인 포식자처럼 닉과 주디를 향해 달려들었다.

"뛰어. *도망가!*" 주디가 소리쳤다.

16장

닉과 주디는 만차스가 쫓아오자, 죽을힘을 다해 달렸다.

"대체 왜 저러는 거야?" 닉이 소리쳤다.

"나도 몰라!"

둘은 미끄러운 현수교 위를 달렸고, 만차스가 바짝 뒤쫓았다. 닉이 멈춰 섰다. "우린 잡히고 말 거야!"

"뛰어!" 주디가 소리쳤다.

둘은 다리에서 뛰어내려 낮은 나뭇가지에 착지했다. 그러고는 빈 통나무 속으로 몸을 숨기려 했지만, 만차스는 계속해서 둘을 쫓았다. 주디는 정신없이 경찰 무전기를 들었다. "여기는 홉스 경관입니다. 현장에 출동해 있다. 본부! 클로하우저, 내 말 들려?"

경찰서에서 클로하우저는 자신의 핸드폰으로 동영상을 보여 주며 동료와 편안하게 수다를 떨고 있었다.

"가젤의 새 뮤직비디오 봤어? 너도 가젤 알지?" 클로하우저는 동료에게 말을 거느라, 전화기에 빨간 불이 깜박이고 있는 것은 전혀 보지 못했다. "이 시대 최고의 가수지. 뿔 달린 천사라니까.

잠깐, 이것 좀 봐. 정말 좋아. 지금 가젤 옆에 있는 게 누구게?" 클로하우저는 화면을 가리켰다. 그가 가젤과 함께 무대에서 춤추고 있었다.

"우와, 정말 춤 잘 추네요." 가젤의 목소리가 나오기 시작하더니, 이내 로봇 같은 말투로 마무리했다. "벤자민 클로하우저."

"바로 나야!" 클로하우저가 신나게 외쳤다. "진짜인 줄 알았지? 정말 진짜 같아 보이지. 근데 아니야. 실은 이거 그냥 새로운 앱이야." 클로하우저가 킥킥대며 말했다. 마침내 그는 전화기를 보곤 스피커 버튼을 눌렀다. "잠깐만…."

"클로하우저!" 주디의 목소리가 울려 퍼졌다. 만차스는 통나무 안으로 들어오려고 하며 주디를 발톱으로 할퀴었다. "지금 10—91 상황 발생! 재규어가 야수가 됐어요! 위치는 바인과 투중가!"

"여긴 투. 훈. 가야!" 닉이 소리쳤다.

만차스가 주디를 향해 다시 한번 발톱을 휘둘렀고, 이번엔 주디가 손에 들고 있던 무전기가 부서졌다. 닉과 주디는 통나무에서 허둥지둥 기어 나와 계속 달렸다.

"지원 병력을 보낼게! 홉스? 홉스?" 클로하우저가 전화기 너머로 들려오는 소란스러운 소리를 들으며 말했다.

닉과 주디는 곤돌라 정거장을 발견했다. "저쪽으로! 스카이 트램으로 가!" 주디가 소리쳤다.

둘은 곤돌라를 향해 달렸다. 주디는 만차스가 쫓아오는 걸 피하려다 그만 미끄러지면서 닉과 멀어졌다.

"빨리 타! 홍당무? 홍당무!" 닉이 주디를 불렀다. 최대한 곤돌라를 붙잡고 있으려고 애썼다. 하지만 곤돌라는 멀어져 갔다.

"어서 가!" 주디가 소리쳤다. 주디는 미끄러운 다리 위에서 최대한 균형을 잡으려 고군분투하고 있었다.

닉은 뒷걸음질 쳤고, 만차스는 마치 먹잇감을 몰듯 그에게 다가왔다. "이봐, 친구. 포식자 대 포식자로 말하는데, 혹시 내가 참치 이야기를 해서 기분 상했다면 미안해, 모욕할 의도는 전혀 없었어."

만차스가 전속력으로 그에게 돌진하자 닉이 비명을 질렀다. 만차스가 닉에게 닿으려는 순간 *철컥!* 만차스의 뒷발에 수갑이 채워져 뒤로 끌려갔다. 주디가 그를 금속 수갑으로 기둥에 묶었던 것이다. 닉은 믿을 수가 없었다. 주디가 닉의 목숨을 구했다.

"긴장하신 것 같군요. 잠시 거리를 두겠습니다." 닉이 만차스에게 말했다.

만차스는 화를 내며 몸부림쳤고, 그 바람에 닉과 주디는 인도 가장자리로 넘어졌다. 주디는 한 팔로 덩굴을 붙잡고 다른 팔로는 닉을 잡고 있으려 애썼다. 둘이 캐노피 위에 매달려 있는 동안, 닉은 아래의 끝없는 심연을 내려다봤다. 주디는 다음에 무엇을 해야 할지 생각하느라 머릿속이 복잡해졌다.

"토끼야, 뭐든 해도 좋은데, 손만 놓지 마!" 닉이 소리쳤다.

"손을 놓을 거야!" 주디가 말했다.

"아 그래… 뭐라고? 내 말을 잘못 이해한 것 같은데, 나는 놓지 말라고!"

"하나, 둘" 주디가 둘의 몸을 좌우로 흔들며 숫자를 세었다.

"토끼야!"

주디는 손을 놓았고, 둘은 덩굴로 엮은 그물 쪽으로 이동했다. 그물은 잠깐 둘의 무게를 지탱해 주는 듯했지만 *딱!* 덩굴이 끊어지면서 둘은 땅을 향해 곤두박질쳤다. 다행히 덩굴이 다리에 얽혀 열대우림 땅에 부딪히기 직전에 멈출 수 있었다.

사이렌 소리가 요란하게 울리고, 지원 병력 차량이 끼익 소리를 내며 급정지했다. 그중 한 대에서 보고 서장이 내렸다. 주디는 미소를 지었다. 지원군이 도착한 것이다!

"음, 제대로 된 이유가 있어야 할 거야." 보고 서장은 덩굴에 거꾸로 매달린 채 자신 앞에 대롱대롱 매달려 있는 주디와 닉을 노려보며 말했다.

17장

주디는 자신 있게 경찰들을 캐노피로 안내했다. "단순 포유류 실종 사건인 줄 알았는데, 훨씬 더 큰 사건입니다. 오터톤 씨는 그냥 사라진 게 아닙니다. 제 생각에는 그와 이 재규어가 야수가 된 것 같습니다, 서장님."

보고 서장이 헛웃음을 쳤다. "야수? 지금은 석기 시대가 아니야, 홉스 경관. 동물은 야수가 되지 않아."

"저도 그렇게 생각했어요. 이걸 보기 전까지는요." 주디는 모퉁이를 돌아 만차스에게 수갑을 채워 둔 곳으로 갔다. 하지만 그는 사라지고 없었다! 수갑조차 사라져 버렸다.

"바로 여기 있었어요!" 주디가 당황하며 말했다.

"야수가 된 재규어 말인가?" 보고 서장이 다시 한번 헛웃음을 내뱉었다.

"서장님, 제가 확실히 봤습니다. 저흴 죽이려고 했어요." 주디가 말했다.

"아니, 어쩌면 모든 포식자가 토끼들 눈에는 야수처럼 보일 수 있지.” 보고 서장이 말했다. 그러곤 다른 경찰들에게 소리쳤다. “철수.”

“잠깐만요, 서장님. 저만 본 게 아닙니다!”

주디가 닉을 불렀다. 하지만 그가 설명하기도 전에 보고 서장이 먼저 말했다. “지금 나더러 여우 말을 믿으라는 건가?”

“그는 중요한 증인입니다. 그리고 제가 그에게 도움을 청했어요.” 주디가 말했다.

보고 서장은 짜증 난 듯 고개를 저었다. “이틀 안에 수달을 못 찾으면… 그만두기로… 그게 조건이었다. 배지 내놔.” 보고 서장은 이렇게 말하며 배지를 건네받기 위해 손을 내밀었다.

닉은 주디가 보고 서장이 내민 손을 빤히 쳐다보는 것을 지켜보았다. “서장님, 저희는….”

“*배지.*” 보고 서장이 단호하게 말했다.

주디가 천천히 배지를 잡으려는데 닉이 말했다. “오, 안 돼.” 그가 말했다.

보고 서장이 닉을 노려보았다. “뭐라고 했나, 여우?”

“죄송합니다만, ‘안 돼’라고 했어요. 주디는 배지 반납 안 할 거예요.” 닉이 말을 이었다. “보세요. 그 광대 같은 조끼에 세 발 자동차 한 대 주고 댁들이 2주 동안 해결하지 못한 사건을 이틀 안에 해결해라? 네, 그녀가 여우에게 도움을 청한 게 놀랍지도 않네요. 아무도 그녀를 도와줄 생각은 안 했잖아요, 그렇죠?”

주디가 닉을 뻔히 쳐다보았다. 그가 자신의 편을 들고 있다는 게 믿어지지 않았다. 보고 서장은 아무 말도 하지 않았다.

"이렇게 하죠. 서장님. 주디에게 48시간을 주셨으니, 엄밀히 말하면 아직 오터톤 씨를 찾는 데 10시간이 남았다 이겁니다. 그게 바로 우리가 할 일이죠. 그러니 실례하도록 하죠. 저희는 지금 사건을 파헤칠 엄청난 단서를 잡았거든요. 좋은 하루."

닉은 주디를 향해 돌아섰다. "홉스 경관님?" 닉은 주디를 지나가는 곤돌라로 데리고 갔다. 보고 서장과 나머지 경찰들은 충격을 받은 채 멍하게 있었다.

"고마워." 주디가 말했다. 둘이 탄 곤돌라가 열대우림 구역 위를 지나가고 있었다.

"절대 그들에게 네가 상처받았다는 걸 보여 줘서는 안 돼." 닉이 말했다.

놀란 주디는 닉을 바라보았다. "근데, 너도 상처받아?"

"글쎄다… 내 말은, 이젠 아니지만, 나도 너처럼 어리고 감정적으로 울컥할 때가 있었지."

"하하." 주디가 웃었다.

"아니, 진짜야. 내가 8살인가 아니 아마 9살 때였던가. 그때 내 소원은 어린이 레인저 스카우트가 되는 거였지."

닉은 주디에게 자신의 어린 시절 이야기를 들려주기로 마음먹었다. "그래서 우리 엄마는 돈을 긁어모아서 나에게 멋진 새 유니폼을 사주셨어." 닉은 자신이 무리에서 유일한 포식자임에도 불구하고 얼마나 간절히 그들과 어울리고 싶어 했는지 설명했다. "나는 그 무리의 일원이 되려고 애썼어." 그가 말했다.

닉이 그 상황을 설명했다. 그가 다른 스카우트 대원들과 함께 선서하고 있을 때, 다른 대원들이 갑자기 그를 덮치며 소리쳤다. "잡아! 그 포식자를 잡아! 입마개를 씌워!"

아이들은 닉의 주둥이에 입마개를 채우고 계속 그를 조롱했다. "입마개도 안 쓴 여우를 우리가 믿을 거로 생각했다니, 너 보기보다 훨씬 더 멍청하구나." 그들 중 한 아이가 비웃어 댔다.

그들이 마침내 그를 놓아주었을 때, 닉은 유니폼이 찢긴 채 가까스로 빠져나와, 절뚝거리며 도망쳤다.

"그날, 나는 두 가지를 배웠어." 닉은 끔찍한 기억에 빠진 채 말했다. "첫째, 상처받은 걸 절대 남에게 보이지 말자."

"그리고 두 번째는?" 주디가 재촉했다.

"만약 세상이 여우를 믿지 못할 교활한 짐승으로만 본다면, 굳이 다른 무엇이 되려고 애쓰지 말자."

"닉, 넌 그보다 훨씬 더 나은 존재야." 주디가 부드럽게 말했다. 곤돌라는 구름을 뚫고 가고 있었다. 주디는 닉의 팔을 토닥였다. 둘은 바쁘게 돌아가고 있는 도시를 내려다보았다.

"이야, 차 밀리는 것 좀 봐." 닉이 화제를 바꿨다. "교통 중앙 통제 센터의 척을 불러 볼까요?" 닉은 느끼한 라디오 아나운서 흉내를 냈다. "척, 지금 교통 카메라 상황은 어떤가요?"

"닉, 말해 줘서 고마워." 주디가 말했다.

"잠낀, 교통 가메리!" 닉이 다급하게 말했다.

"진짜야, 난 괜찮아." 주디가 말했다.

"아니, 쉿 조용히! 교통 카메라는 사방에 있잖아. 캐노피 전체에 말이야. 그 재규어에게 무슨 일이 있었든…."

"교통 카메라에 찍혔을 거야!" 주디가 닉의 말이 무슨 뜻인지 갑자기 알아차리고는 신나서 말했다.

"빙고!" 닉이 말했다.

주디는 감탄하며 닉의 팔을 툭 쳤다. "꽤 영리한데, 날쌘돌이!"

"근데, 전에도 시스템에 접속을 못 했는데, 고집불통 버펄로 서장이 이번엔 접속하게 해줄까?"

"아니, 하지만 시청에 아는 친구가 있어!" 주디는 다시 희망을 느끼며 미소 지었다.

18장

주디와 닉은 시청에서 벨웨더 부시장을 금방 찾아낼 수 있었다. 그녀는 파일 더미를 들고 힘들게 라이언하트 시장을 쫓아다니고 있었다.

"시장님, 지금 이 중요한 사안을 검토할 수 있다면…." 벨웨더가 말했다.

벨웨더는 붐비는 로비에서 비틀대며 어떻게든 지나가려 애쓰다 작은 생쥐를 밟을 뻔했다.

"오, 죄송해요…. 선생님."

"들었어, 벨웨더, 자네가 그냥 알아서 처리해, 알겠나." 라이언하트 시장이 불만스럽게 말했다. "그냥 처리해, 알겠어?" 그는 거대한 서류 더미 위에 파일을 하나 더 올렸다. "그리고 오후 일정 다 취소해. 외출할 거니까."

"하지만, 시장님, 동물 떼와 목초지 회원들과 회의가 있어요… 시장님."

라이언하트 시장은 그냥 문을 열고 들어가더니 벨웨더 바로 앞에서 문을 쾅 닫아 버렸다. 그 통에 벨웨더가 들고 있던 파일이 바닥에 다 떨어져 버렸다.

"오, 이런." 벨웨더는 흩어진 파일을 주섬주섬 모았다.

"벨웨더 부시장님, 도움이 필요해요." 주디가 그녀에게 다가가 말했다.

벨웨더는 그들을 작고 비좁은 자신의 사무실로 안내했다. 주디와 닉은 주위를 둘러보고 깜짝 놀랐다. 벨웨더의 사무실은 사실 청소 창고였기 때문이다!

"교통 카메라 데이터베이스에 접속하기만 하면 돼요." 벨웨더가 컴퓨터 키보드를 치는 사이 주디가 말했다.

닉은 벨웨더 머리의 양털 뭉치를 살짝 건드리며 속삭였다. "정말 폭신해." 닉은 황홀해했다. "양을 이렇게 가까이서 보기는 처음이야. 정말 폭신폭신해, 꼭 솜사탕 같아."

"남의 털을 그렇게 만지면 안 돼! 그만해!" 주디는 벨웨더가 닉을 보지 못하게 막으며 그의 손을 탁! 쳤다.

"어디를 보면 되죠?" 벨웨더가 도시 전체의 교통 카메라를 띄운 채 물었다. 벨웨더는 주디를 올려다보았고, 주디가 닉의 손을 찰싹 때리는 것을 보았다.

"열대 우림 지역이요. 바인과 투훈가요."

닉과 주디는 서로 바라보며 웃었다. 이번엔 주디가 *투훈가*를 제대로 발음한 것이다.

"근데 이거 정말 신나네요. 사실 저는 이런 중요한 일은 맡아본

적이 없어서요.” 벨웨더가 말했다.

“주토피아의 부시장이시잖아요.” 주디가 말했다.

“오, 전 그냥 이름만 부시장인 비서일 뿐이에요.” 벨웨더가 말했다. “제 생각에 시장님은 양들의 표가 필요하셨던 것 같아요… 뭐 어쨌든 근사한 컵도 주셨어요.” 벨웨더는 ‘세계 최고의 ~~아빠~~ 부시장’이라고 적힌 컵을 자랑스럽게 가리켰다.

“똥배웨더!” 라이언하트 시장의 고함 소리가 사내 전화를 통해 들렸다.

벨웨더가 움찔하며 일어났다. “시장님이 부르는, 재미있고 귀여운 제 별명이에요. 한번은 제가 시장님을 라이언방구라고 불렀더니, 그 별명은 별로 안 좋아하시더라고요.” 벨웨더는 사내 전화의 버튼을 눌렀다. “네, 시장님.”

“오후 일정을 취소하라고 한 것 같은데!” 라이언하트가 소리 질렀다.

“오, 이런… 가 봐야겠어요. 찾으시면 알려 주세요. 오늘 정말 즐거웠어요.”

“서둘러! 똥배웨더!” 그녀가 급히 문을 열고 나가자, 시장의 목소리가 쩌렁쩌렁 울렸다.

“음, 옷에 털 좀 털어 내야겠네.” 닉이 말했다.

“오, 조용히 해. 자 그럼 교통 카메라, 투훈가, 투훈가… 접속했어.”

닉과 주디는 화면 영상을 보았다. 만치스가 야수처럼 행동하는 장면이 지난 다음 검은 밴이 나타나더니… 끽 소리를 내며 멈췄다.

“이자들은 누구지?” 주디가 물었다.

“회색 늑대들, 완전 멍청한 놈들이지.”

둘은 늑대들이 밴에서 내려 만차스를 그물로 잡는 것을 주시했다! 주디는 숨이 턱 막혔다. 하지만 닉은 그저 고개를 저을 뿐이었다.

“둘 중의 하나가 곧 울부짖을 거라는데 5센트 걸지.” 닉이 말했다.

곧 한 늑대가 울부짖었다.

“거 봐. 왜 늑대들은 늘 울부짖는 거야?” 닉이 물었다.

“울음꾼. 밤의 울음꾼.” 주디가 말했다. “그래서 만차스가 늑대들을 겁낸 거야! 늑대들이 바로 밤의 울음꾼이니까. 만약 저들이 만차스를 잡아갔다면.”

“당연히 오터톤도 잡아갔겠지.” 닉이 대답했다.

“그럼, 어디로 갔는지 알아보자고.” 주디가 이렇게 말하며 영상을 살펴보았다. 늑대들이 차를 몰고 떠난 다음, 터널 속으로 사라졌다. 하지만 반대편으로 나오지 않았다. “잠깐, 그들이 어디로 간 거지?”

닉은 실눈을 뜨고 화면을 자세히 들여다보았다. “있잖아, 만약 내가 법을 어겨서 감시 카메라를 피하고 싶다면, 물론 한 번도 그런 적은 없지만, 보수 터널 6B를 사용할 거야. 그렇다면 그들이 나올 곳은….” 닉이 다른 카메라 영상을 클릭했다. 또, 다른 곳 그리고 또 다른 곳으로… 드디어 늑대들이 밴을 타고 나타났다! “바로 여기지."

"대단한걸." 주디가 감탄하며 말했다. "예비 형사. 있잖아, 넌 정말 경찰이 되면 잘할 것 같아."

"그걸 말이라고!" 닉이 웃음을 참으며 장난스럽게 끔찍한 척 표정을 지었다.

주디는 감시 영상들을 계속 확인하며 골목길과 뒷길을 따라 늑대들을 추적했다. "도시 밖으로 나가고 있어. 저 길은 어디로 가는 거야?" 주디가 물었다.

"둘 중 하나야. 아주 아주 무서운 낡은 건물… 이거나 아니면 비버 르네상스 축제."

19장

닉과 주디는 의심쩍은 길을 발견하고 그 길을 따라갔다. 둘은 차 한 대가 문이 달린 검문소를 통과하는 것을 멀찍이 떨어져 지켜봤다. 검문소 너머 바다 위 절벽 꼭대기에는 클리프사이드 수용소라는 오래되고 으스스한 건물이 있었다.

"왜 비버 르네상스 축제면 안 되는 거야?" 닉이 조용히 말했다.

둘은 천천히 수용소 쪽으로 향했다. 경비가 삼엄한 게이트로 몰래 접근하자 두 마리의 늑대가 안에 서 있는 것을 볼 수 있었다. 닉은 발끝으로 살금살금 지나가자고 손짓으로 전달했다. 닉이 먼저 출발했지만, 가까이 다가갈수록 늑대 중 하나가 킁킁대며 냄새를 맡더니 그의 체취를 감지했다. 닉은 늑대가 냄새의 근원을 찾기 시작하자 표류목 하나를 무기로 쓰려고 잡았다. 하지만 늑대가 닉을 발견하기 전에, 저 멀리서 울부짖음이 들려 늑대의 주의를 끌었다. "아우~!"

절벽 아래 숨어 있던 주디가 낸 소리였다!

그 소리를 들은 늑대는 울부짖음을 참을 수가 없었다.

다른 경비가 다가와서 날카롭게 말했다. "그만해 개리! 너 때문에 다들 울부짖겠어."

"내가 시작한 게 아니야, 아우!" 개리가 말했다.

다른 경비도 주체하지 못하고 울부짖었다. 곧 점점 더 많은 늑대가 울부짖음에 합류했다.

주디는 닉에게 속삭였다. "가자!" 둘은 혼란을 틈타 울타리를 넘어 경비원들의 눈을 피해 몰래 안으로 들어갔다.

"똑똑한 토끼 같으니라고." 닉이 감탄하며 말했다.

그들은 미끄러운 바위를 기어오르다 닉은 폭포 아래로 거의 미끄러져 떨어질 뻔했다. 둘은 건물 안으로 들어갈 수 있는 길을 찾던 중 큰 파이프를 발견했고, 그 안으로 기어들어 간 다음 계속 걸었다. 그러자 방이 하나 나왔다. 어둡고 동굴 같은 방은 낡고 녹슨 의료 장비로 가득했다.

"여기 예전에 병원이었나 봐." 주디가 말했다.

주디는 복도 아래쪽으로 손전등을 비췄고, 반대편 끝에 있는 철문을 보았다. 둘은 그쪽으로 걸어갔다. "알잖아, 네가 앞장서." 닉이 주디에게 문을 열라고 손짓했다. "네가 경찰이잖아."

주디가 천천히 문을 열자 번쩍이는 현대적인 새 의료 장비가 갖춰진 방이 나타났다. 둘은 조심스럽게 안으로 들어가 주위를 살펴보았다.

닉은 바닥에 여기저기 긁힌 자국을 가리켰다. "발톱 자국?" 주디는 현장을 살펴보며 말했다. 문에도 깊은 홈이 파여 있었다.

닉은 조금 무섭고 위축된 기분이 들어 뒤로 물러서기 시작했다. "맞아, 아주 아주 큰 발톱 자국이야. 그런데 어떤 종류의 동물일…." 그때 으르렁거리는 소리가 그의 말을 가로막았고, 우리 안에 갇혀 있던 야수가 된 호랑이 한 마리가 닉을 붙잡아 자기 우리 쪽으로 끌어당겼다. 주디는 얼른 닉을 잡아당겨 호랑이의 손아귀에서 구해 주었다.

주디가 손전등을 들고 방 안을 이리저리 비추자… 수십 쌍의 눈동자가 모습을 드러냈다! 그들은 갇혀 있는 동물들을 하나씩 살펴보던 중 마침내 네 발로 자신의 감방을 서성이고 있던 재규어를 발견했다. "만차스 씨야." 주디가 말했다.

계속해서 세 번째, 네 번째, 다섯 번째 철창을 지나쳤고, 마침내 맨 마지막 철창에서 야수가 된 수달을 발견했다. 에밋 오터톤이었다!

"오터톤 씨야. 드디어 수달을 찾았어." 주디는 수달에게 다가가 부드럽게 말했다. "오터톤 씨, 저는 주디 홉스 경관입니다. 부인께서 저를 보내셨어요. 여기서 빼내 드리겠습니다."

하지만 오터톤은 비명을 지르며 마치 공격하려는 듯 유리 벽을 향해 달려들었다.

"싫으면 말고. 서둘러서 집에 돌아가 아내를 꼭 만날 필요는 없지." 닉이 뒷걸음질 치며 말했다.

주디는 복도에 늘어선 철창의 수를 세어 보았다. "열하나, 열둘, 열셋, 열넷, 거기다 만차스 씨까지." 주디는 잠시 생각한 뒤 말했다. “보고 서장님이 14건의 포유류 실종 사건을 나눠 주셨어… 사라진 포유류가 모두 여기 있어!”

딸깍! 문이 열리기 시작했다. 닉과 주디는 재빨리 빈 철창 속에 몸을 숨겼다. 발소리가 점점 가까워지더니 곧 누군가가 모습을 드러냈다.

라이언하트 시장이었다!

“그만! 변명은 듣고 싶지 않소, 박사. 해답을 내놓으시오!”

라이언하트 시장은 심각하고, 화가 나고, 지쳐 보였다. 주디는 핸드폰을 꺼내 라이언하트 시장과 오소리 박사의 대화를 녹화하기 시작했다.

“라이언하트 시장님, 저희는 최선을 다하고 있습니다.” 박사가 말했다.

“오, 그럴 리가 없네. 지금 여기에는 정신 나간 미친 동물이 열댓 마리나 있는데도 당신은 그 이유를 모르고 있소. 그건 *최선을 다하고 있다*는 *것*과는 거리가 *멀다고*.”

“시장님, 생물학적 요소를 고려해야 할 때인지도 모릅니다.” 박사가 말했다.

그때 그들 뒤 철창에 있던 오터톤이 철창 유리벽에 몸을 쿵! 부딪쳤다.

“생물학적 요소? 이보게 박사? 그런 소리 마시오.”

“저희 모두 그들의 공통점을 알고 있어요. 더 이상 비밀로 할 순 없습니다. 이제 밝혀야 합니다.” 박사가 말했다.

라이언하트는 으르렁대며 박사 쪽으로 향했다. "언론이 이걸 알게 되면 무슨 일이 일어날 것 같은가?"

"보고 서장은 어떻게 생각하나요?" 박사가 물었다.

"보고 서장은 아무것도 모르고 있어. 앞으로도 우리끼리 비밀로 합시다."

띠링! 띠링! 갑자기 주디의 휴대폰이 울렸다. 부모님이 건 전화였다.

라이언 하트 시장은 깜짝 놀라서 위를 쳐다보았다. "누가 있어!"

"시장님, 지금 가셔야 합니다." 박사가 말했다. "보안팀, 구역을 수색해!"

수용소 전체에 경보가 울리기 시작했다. 닉과 주디는 달렸다. 늑대들이 복도로 몰려들었다.

"최고군, 우린 죽었어. 끝났어. 너도 죽고 나도 죽고 다 죽었어." 닉이 단언했다.

"수영할 줄 알아?" 주디가 닉에게 물으며 빈 감방으로 몸을 숙이곤 휴대폰을 증거물 봉투에 집어넣었다.

"뭐? 수영할 줄 아냐고? 그래 안다, 왜?" 닉은 주디가 커다란 하마 변기로 뛰어드는 것을 보았다. 닉도 눈을 꼭 감고 주디를 따라 뛰어들었다.

둘은 이리저리 굽어진 파이프를 따라 미끄러져 내려가다가 마침내 밖으로 튀어나와 폭포 위로 떨어졌다. 숨을 한 번 들이쉰 후, 닉은 강둑으로 헤엄쳤다. 하지만 주디는 어디에도 보이지 않았다.

"홍당무? 홉스 경관? 주디!"

닉은 주디가 봉투에 든 휴대폰을 머리 위로 들어 올린 채 물에서 나오는 모습을 보고 안도의 한숨을 쉬었다. "보고 서장님께 알려야 해"

20장

한 시간 후, 주토피아 경찰들이 라이언하트 시장의 사무실을 급습했다.

"라이언하트 시장, 무고한 시민을 납치하고 불법 감금한 혐의로 당신을 체포합니다." 주디가 그에게 수갑을 채우며 말했다.

"넌 몰라, 난 그렇게 해야만 했어!" 라이언하트가 소리쳤다.

"당신은 묵비권을 행사할 수 있고." 주디는 계속 말을 이었다.

"난 이 도시를 보호하려 한 거야!" 라이언하트 시장이 소리쳤다.

잠시 후, 보고 서장은 기자회견을 열었다. 그의 뒤에는 야수가 된 동물의 포스터가 걸려 있었다. 모두 입마개를 한 모습이었다.

"신사 숙녀 포유류 여러분, 14마리의 포유류가 실종되었지만, 14마리 모두 우리 신입 경찰이 찾아냈습니다. 그가 곧 여기로 나와 여러분께 설명할 것입니다."

"나 너무 긴장돼." 주디는 닉과 함께 한쪽에 서 있었다.

"좋았어, 기자회견 제1장. 똑똑해 보이고 싶다면, 기자들 질문에는 질문으로 되받아친 다음 그 질문에 답하는 거야. 그게 어려운 사건이냐고요? 네, 네 그랬습니다, 이렇게 말이야."

"너도 나랑 같이 단상에 올라가자. 둘이 같이 해결했잖아."

"음, 내가 경찰이야? 아니. 아니지, 난 안 올라가." 닉이 대답했다.

"네가 그렇게 말하다니 재밌네… 생각해 봤는데, 파트너가 있으면 좋을 것 같거든." 주디는 이렇게 말하며 닉에게 주토피아 경찰서 지원서를 내밀었다. "여기. 뭔가 쓸 것이 필요할 수 있으니까." 주디는 홍당무 펜을 닉에게 건넸다. 벨웨더가 주디에게 단상 위로 올라오라고 손짓했다. "홉스 경관님, 시간 됐어요."

닉은 지원서를 바라보곤 펜을 딸깍 눌러 작성하기 시작했다.

주디가 단상 위로 올라가자 보고 서장이 그녀에게 경례했다. 주디도 경례로 답하고 돌아서자, 기자들이 주디의 이름을 외치며 질문을 쏟아내기 시작했다. 주디는 그중 한 명을 지목했다. "야수가 된 동물들에 대해서 말해 주시겠습니까?" 기자가 질문했다.

"문제가 된 동물들이… 전부 다른 종이었냐고요? 네, 네 그렇습니다." 주디는 닉이 있는 쪽을 쳐다보았다.

닉이 웃으며 엄지를 번쩍 들었다.

"좋습니다. 어떤 연관성이 있죠?" 다른 기자가 물었다.

"저희가 아는 것은 그들 모두 포식자 계통에 속해 있다는 겁니다." 주디가 대답했다.

닉은 인상을 찌푸렸다. 기자들이 반응했다. 다시 한번 그들은 동시에 질문을 외쳐 댔다. 주디는 깜짝 놀랐다.

"그렇다면 포식자만 야수가 되는 건가요?" 한 기자가 따졌다.

"네, 맞아요." 주디는 잠시 주저하다가 대답했다.

"왜 이런 일이 일어난 거죠?" 몇몇 기자가 소리쳤다.

"아직 모릅니다." 주디가 대답했다.

기자들은 실망해 웅성거렸다.

"하지만, 하지만, 그렇지만… 생물학적 요소가 관련되어 있을 수 있습니다." 주디는 방 안에 긴장감이 조성되자, 깜짝 놀라며 말했다.

기자들이 조용히 웅성대기 시작했다. 그리고 한 기자가 물었다. "그게 무슨 뜻인가요?"

"생물학적 요소요. 그러니까 그들의 디엔에이와 뭔가 관련이 있다는 겁니다." 주디가 말했다.

"디엔에이라니요? 좀 더 자세히 말해 주시겠습니까?"

"네." 주디가 고개를 끄덕이자, 기자들은 더 시끄러워졌다. "그러니까 지금으로부터 수천 년 전에… 포식자들이 살아갈 수 있었던 것은 공격적인 사냥 본능 때문이었죠. 이유는 모르겠지만, 그들은 다시 원시적인 야수로 돌아간 것 같습니다."

주디의 발언은 큰 소동을 일으켰다. 닉은 주디의 발언이 마음에 들지 않았다. 클로하우저도 고개를 들었다. 그 역시 불편하긴 마찬가지였다.

"홉스 경관님. 그런 일이 또 일어날까요?" 다른 기자가 물었다.

"가능합니다." 주디가 말했다. "그러니 절대 방심해선 안 됩니다. 우리 주토피아 경찰은 준비가 되어 있고 여러분을 보호할 것입니다."

기자들이 갑자기 광분하며 여러 질문을 퍼부어 댔다. "그 일을 예방하기 위해 어떤 조치를 하고 있죠?" "모든 포식자를 격리해야 하나요?"

벨웨더가 나서서 질문을 끝내려고 시도했다. "음, 수고했어요, 홉스 경관. 질문은 안 받겠습니다."

"오, 네… 하지만… 저… 아직…." 주디가 다른 말을 하기 전에 벨웨더가 얼른 그녀를 재촉해서 데려갔다.

주디는 자신이 제대로 한 게 맞는지 자신 없어 하며 로비를 가로질러 닉에게 다가갔다. "순식간에 끝나 버렸네. 너에 대해 언급할 기회도 없이 그냥 휙 지나가 버렸…."

"오, 넌 충분히 말한 것 같아." 닉은 중간에 말을 끊었다.

"말했다고?" 주디는 어리둥절해하며 물었다.

"이 사건이 생물학적 요소와 관련이 있죠." 닉은 주디의 말을 반복하며 빈정거렸다. "포식자들이 다시 원시적인 야수로 돌아간 것 같습니다." 닉은 믿을 수 없다는 표정으로 주디를 쳐다보았다. "너 그 말 진심이야?"

"난 그냥 사건에 대한 사실을 말한 거야. 내 말은, 토끼가 야수가 되진 않잖아." 주디가 말했다.

"그렇지, 하지만 여우는 되고, 응?"

"그만해, 닉! 넌 그들과 달라."

"*이젠 그들*이라고 했어?"

"내 말뜻 알잖아. 넌 그런 포식자 부류가 아니라고."

닉은 포스터를 하나하나 가리켰다. "입마개를 써야 하는 부류? 너로 하여금 여우 퇴치제를 항상 들고 다녀야 한다고 생각하게 만드는 부류? 그래, 우리가 처음 만난 날, 내가 그 작은 물건을 가지고 있는 걸 내가 눈치채지 못했을 것 같아?"

닉은 점점 더 크게 화를 냈다. "그러면, 너도 내가 무서워? 나도 미칠 것 같아? 야수가 될 것 같아? 혹시 그렇게 생각해… 내가 널 잡아먹을 수도 있다고?"

닉이 주디를 물려는 것처럼 달려들자, 주디는 움찔하며 몸을 움츠렸다. 그리고 무의식적으로 여우 퇴치제에 손을 얹었다.

"역시, 날 정말 믿어 줄 거라고 생각했는데 말이야." 닉은 차분하게 말했다. 그러고는 지원서를 주디에게 돌려주었다. "포식자를 파트너로 삼지 않는 게 좋을 거야."

닉은 걸어 나가며 스티커 경찰 배지를 떼어서 구긴 다음 쓰레기통에 던져 버렸다.

"닉!" 주디가 그를 부르며 따라갔지만, 닉은 곧장 문밖으로 나가 버렸다.

주디는 둘의 우정을 깨뜨려 버렸다. 깨트려 버렸고, 그것을 어떻게 회복해야 할지 알 수 없었다.

21장

기자회견 후, 주토피아 동물들은 서로 분열했고, 모두가 그 일에 관해 이야기했다. 갈등과 시위도 끊이지 않았다. 동물들은 서로를 다르게 대하기 시작했다.

한 시위에서, 주디는 서로 대립하는 두 진영 사이에 서서 그들의 말다툼을 지켜보았다.

"숲으로 돌아가, 포식자!" 한 돼지가 소리쳤다.

"난 사바나 출신이야!" 비버가 외쳤다.

포식자와 먹잇감 사이에 분열은 점점 커졌고, 매일 뉴스 방송국에서 이 소식을 다루었다.

팝스타 가젤은 평화를 위한 집회를 열었다. "제가 알던 주토피아는 더 나은 곳이었어요. 우리는 맹목적으로 비난만 해서는 안 돼요. 물론 왜 이런 공격이 생기고 있는지는 몰라요. 그렇다고 해서 모든 포식자를 야수로 매도하는 것은 무책임한 일이에요. 두려움 때문에 서로 등 돌리지 말아요. 제발… 제가 사랑하는 주토피아를 돌려주세요."

주디는 이 모든 싸움에 지쳐 버렸다. 또한 자신의 책임이라고 느꼈다. 출근길에 탄 지하철에서 사자가 열차에 타자 엄마 토끼가 아이를 가까이 끌어안는 것을 보았다. 주디는 고개를 저었다. 그리고 다음 역에서 내려 병원으로 들어갔다.

“저 수달은 제 남편이 아니에요.” 오터톤 부인이 말했다. 부인과 주디는 에밋 오터톤이 푹신한 방 안에서 미치광이처럼 마구 돌아다니는 모습을 지켜보았다.

주디는 한숨을 푹 쉬었다. 얼굴엔 근심이 가득했다. 하지만 그녀가 할 수 있는 건 아무것도 없었다.

주토피아 경찰서 로비 안에서도 뉴스가 틀어져 있었다.

보고 서장이 주디를 불렀다. “따라와, 홉스. 새 시장님이 우리를 보자고 하시네.”

“시장님이요? 왜요?” 주디가 물었다.

“자네 출세한 것 같군.” 보고 서장이 말했다.

주디는 보고 서장을 따라가다가 클로하우저가 책상을 정리하는 것을 보았다. “클로하우저? 지금 뭐 하는 거예요?” 주디가 물었다.

“다른 동물들이 주토피아 경찰서에 들어왔을 때 처음 보는 얼굴이 나 같은 *포식자*가 아니면 더 좋겠다고 한대. 그래서 지하 기록 보관실로 내려가래. 보일러실 옆에 있는.” 그가 말했다.

주디의 얼굴에 실망감이 역력했다.

"홉스 경관, 어서!" 보고 서장이 명령했다.

벨웨더 시장은 크고 멋진 새 사무실에 놓인 책상에 앉아 있었다. 보고 서장과 주디도 자리에 앉았다. 그들 앞에는 활짝 웃는 주디의 사진과 함께 '주토피아 경찰, 우리를 믿으세요'라고 쓰인 팸플릿이 놓여 있었다. 주디는 심란해하며 그것을 바라보았다. "이해가 안 돼요."

"주토피아의 90퍼센트는 초식 동물이에요, 주디. 그리고 지금 모두 다 겁에 질려 있죠. 그들에게 당신은 영웅이에요. 그들은 당신을 믿어요. 그래서 보고 서장과 난 주디가 주토피아 경찰의 얼굴이 되어 주었으면 해요."

"전… 전 영웅이 아니에요." 주디는 슬퍼하며 말했다. "전 세상을 더 나은 곳으로 만들고 싶어서 여기에 왔어요. 하지만 세상을 망가뜨린 것 같네요."

"너무 그렇게 자책하지 않아도 돼, 홉스. 세상은 원래 망가져 있었지. 그래서 너 같은 좋은 경찰이 필요한 거야."

"정말 죄송하지만, 서장님, 좋은 경찰이란 시민을 보호하고, 시민을 위해 봉사하고, 도시에 도움이 되어야죠. 갈라놓는 게 아니라요." 주디는 자신의 경찰 배지를 빼서 보고 서장에게 건넸다.

"전 이 배지를 달 자격이 없어요."

"홉스 경관." 보고 서장이 말했다.

"주디, 늘 바랐던 거잖아요. 어릴 때부터… 이렇게 그만두면 안 돼요.” 벨웨더 시장이 말했다.

“기회를 주셔서 감사했어요.” 주디는 이렇게 말하곤 서둘러 시장실을 떠났다.

22장

주디는 버니버로우에 있는 홉스 가족 농장 채소 가판대에서 당근을 포장해 손님에게 건넸다. "당근 48개요. 좋은 하루 보내세요." 주디는 기계적으로 인사했다.

스튜와 보니가 걱정스러운 표정으로 주디에게 다가왔다. "안녕, 주디, 주스 주디, 네 별명 기억하지? 좀 어떠니?" 스튜가 물었다.

"네, 좋아요."

"괜찮긴, 귀가 축 처졌는데." 보니가 말했다.

"왜 제가 세상에 도움이 될 거라고 생각했을까요?" 주디가 물었다.

"그건, 네가 도전하는 아이니까. 그래서 그렇지." 스튜가 말했다.

"넌 언제나 노력하는 아이였어." 보니도 말했다.

"맞아요. 노력했지만, 수많은 무고한 포식자들의 삶을 더 힘들게 만들었죠."

"오, 다는 아니란다. 호랑이도 제 말 하면 온다더니. 딱 맞춰 왔네."

빵! 베이커리 트럭이 가판대 쪽으로 다가오며 경적을 울렸다.

주디의 눈이 휘둥그레졌다. "저건 혹시… 기디온 그레이?"

트럭에는 '기디온 그레이의 맛있는 베이커리 디저트… 홉스 가족 농장의 농산물로 만들어요'라고 적힌 간판이 달려 있었다.

"그래, 맞아. 지금 우리랑 같이 일해." 스튜가 고개를 끄덕였다.

"지금은 우리 파트너야! 네가 우리의 마음을 열어 주지 않았다면 절대 생각조차 못 했을 거야." 보니가 말했다.

"그래, 맞아. 기디온은 근처 세 마을에서 가장 잘나가는 제빵사야." 스튜가 말했다.

문제의 여우가 트럭에서 내렸다. "기디온 그레이. 이럴 수가." 주디가 말했다.

"안녕, 주디. 어릴 적에 내가 괴롭혔던 거 정말 미안해. 그땐 스스로에 대해 의심도 많았고, 그걸 주체하지 못해서 분노와 공격성으로 표현하는 것 밖에 몰랐어. 나 정말 찌질이였어."

"있지, 나도 찌질한 게 뭔지 알아." 주디가 말했다.

"그래서, 이 파이들 전부 네게 주려고 가져온 거야," 기디온이 파이를 들어 보이며 말했다.

어린 토끼들이 들판을 가로질러 파이를 향해 곧장 달려왔다.

"얘들아, *돌아뿌리 버럭시아스* 사이로 뛰지 마라!"

"와, 정말 어려운 이름이네요, 홉스 씨. 우리 가족은 이걸 밤의 울음꾼이라고 불렀어요." 기디온이 말했다.

주디가 귀를 쫑긋 세웠다. "방금 뭐라고 했어?" 주디가 물었다.

스튜가 농작물 가장자리에 자라는 꽃들을 가리키며 말했다. "아, 기디온은 저 꽃을 말하는 거야, 주디. 작물의 벌레를 쫓는 데 쓴단다. 하지만 아이들이 가까이 가면 안 돼, 그러다 네 테리 삼촌처럼 되거든."

"맞아, 어릴 때 테리가 저걸 먹더니 완전히 미쳐 버렸지." 보니가 말했다.

"네 엄마를 물어뜯었단다." 스튜가 덧붙였다.

"토끼도 야수가 될 수 있어…." 주디는 퍼즐 조각들을 맞춰 갔다.

"야수라고? 그건 좀 심하고." 보니가 말했다.

"당신 팔에 아직도 커다란 흉터가 남아 있잖아. 야수가 아니면 뭐야." 스튜가 말했다.

생각이 머릿속을 스쳐 지나가는 동안 주디는 가만히 서 있었다. "밤의 울음꾼은 늑대가 아니었어. 꽃이었어. 그 꽃들이 포식자들을 야수로 만든 거였어. 그거야, 내가 놓치고 있던 게 바로 이거였어." 주디는 허겁지겁 달려가다가 갑자기 돌아섰다. "열쇠! 열쇠! 열쇠 줘요! 빨리요! 어서요!" 스튜는 주디에게 자신의 픽업트럭 열쇠를 던졌다. 주디는 차에 뛰어올랐다. "고마워요, 사랑해요! 안녕!"

주디는 급하게 액셀을 밟아 주토피아를 향해 달렸다.

23장

주디는 캄캄한 다리 아래서 외롭게 혼자 접이식 의자에 앉아 있는 닉을 발견했다.

"밤의 울음꾼은 늑대가 아니었어. 독이 있는 꽃이었어. 누군가 일부러 포식자들만 겨냥해서 야수로 만들고 있는 것 같아."

"와, 흥미진진한데." 닉은 이렇게 말하곤 일어나 가 버렸다. 주디가 뒤를 따라갔다.

"잠깐만, 들어봐! 네가 날 절대 용서하지 않을 거라는 거 알아. 근데 그건 당연해. 나라도 그랬을 거니까. 나는 멍청하고, 완전 편견으로 가득하고 무책임했어. 하지만 포식자들이 고통받아서는 안 돼. 이걸 바로잡아야 하는데, 네가 없으면 할 수 없어."

닉은 한숨을 쉬었지만, 여전히 주디를 보려 하지 않았다.

"이번 일이 끝나고 나면, 날 미워해도 돼. 그래도 괜찮아. 왜냐면 나는 끔찍한 친구였고, 너에게 상처를 줬어…. 그러니 네가 처음부터 옳았다는 걸 확인하고 나면 가도 돼. 난 정말로 멍청한 토끼가 맞아."

닉은 아무 대답도 하지 않았다. 어색한 침묵이 흘렀다. 그때 갑자기 주디의 목소리가 녹음기에서 재생되었다. "난 정말로 멍청한 토끼가 맞아. 난 정말로 멍청한 토끼가 맞아."

닉이 당근 펜을 손에 들고 캄캄한 곳에서 걸어 나왔다. "기운 내, 홍당무. 지워 줄 테니까… 48시간 뒤에."

주디의 눈시울이 붉어졌다. 닉은 고개를 저었다. "알겠어, 이리 와."

주디는 닉에게 팔을 두르고 그를 힘껏 안았다.

"너희 토끼들은 감수성이 너무 풍부하다니까." 닉이 말했다. "그냥 펜 훔치려고 그러는 거야? 그런 거야? 지금 내 꼬리 밟고 있거든, 비켜, 비켜, 비켜."

닉과 주디는 픽업트럭에 올라탔다.

"홍당무만 키운다고 생각했는데!" 닉은 블루베리 바구니를 잡고 몇 개를 입에 털어 넣었다. "계획이 뭐야?"

"밤의 울음꾼을 추적하자. 이 녀석 알아?" 주디는 리틀 로덴시아에서 꽃 구근을 훔치다 자신에게 잡힌 도둑 듀크 위즐턴의 사진을 보여 줬다.

"나는 다 알아." 닉이 말했다.

24장

주디와 닉은 길가에서 잡동사니를 팔고 있는 위즐턴을 찾았다. "뭐든지 필요한 건… 다 있어요. 좋아하는 영화도 있어요! 아직 개봉도 안 한 영화도 있어요!" 그의 앞에는 〈*주먹왕 코뿔소*〉, 〈*와푼젤*〉, 〈*피그 히어로 6*〉 같은 짝퉁 영화들이 늘어져 있었다.

"이런, 이런, 이게 누구야. 누가 불법 영화 사업에 뛰어들었나." 닉이 그에게 다가가며 말했다.

"너랑 무슨 상관이야, 와일드? 넌 가서 하든지 뭔지나 녹이라고." 위즐턴이 주디를 알아보았다. "아이고, 이건 토깽이 경찰 아니신가?"

"네가 훔친 게 곰팡이 슨 양파가 아니라는 건 우리 둘 다 잘 알지. 밤의 울음꾼으로 뭘 하려고 했지? 웨즐턴?"

"위즐턴이야, 듀크 위즐턴. 그리고 너한텐 말 안 할 거야, 토끼야. 별짓을 다 해봐도 내 입은 못 열어." 위즐턴은 주디 얼굴에 대고 이쑤시개를 튕겼다. 주디는 닉을 향해 돌아서 미소 지었다. 둘 다 똑같은 생각을 하고 있다는 걸 알고 있었기 때문이다.

잠시 후, 북극곰들은 미스터 빅의 집 안에 있는 얼음 구덩이 위로 위즐턴을 들어 올렸다. "얼려 버려." 미스터 빅이 말했다.

위즐턴이 비명을 지르며 몸부림쳤다. "이 더러운 배신자! 왜 저 토끼를 돕는 거야? 경찰인 거 알잖아!"

미스터 빅은 위즐턴을 구덩이 위에 대롱대롱 들어 올린 채로 북극곰들에게 잠시 기다리라고 손짓했다. "그리고 미래의 내 손녀딸의 대모이기도 하지."

프루프루가 임신한 배를 자랑하며 다른 방에서 나타났다. "딸 이름을 주디라고 지을 거야." 프루프루가 행복하게 말했다.

"오." 주디가 말했다.

"이 족제비를 얼려 버려." 미스터 빅이 명령했다.

"기다려! 잠깐! 말할게!" 위즐턴이 비명을 질렀다. "밤의 울음꾼을 가져다 팔면 큰돈을 벌 수 있어서 훔친 거야."

"그걸 누구한테 팔았지?" 주디가 물었다.

"더그라는 숫양한테. 지하에 거래 장소가 있어. 조심하라고. 그다지 친절한 녀석은 아니거든."

25장

닉과 주디는 위즐턴의 지시를 따라 거래 장소를 찾았다. 폐쇄된 역의 오래된 열차였다. 그들은 두 마리의 거친 숫양이 차에서 나오는 동안 숨어 있었다.

숫양들이 떠난 뒤, 닉이 주디를 들어 올렸다. 주디는 창문을 밀고 안을 들여다보았다. "족제비의 말이 사실이었어." 주디가 창문을 통해 넘어가며 속삭였다.

열차 내부는 온실로 변해 있었다. 그리고 밤의 울음꾼이 줄지어 심어 있었다. "그러네, 늙은 더그가 밤의 울음꾼 시장을 독점한 것 같네."

찰칵! 문이 열렸다. 주디와 닉은 재빨리 책상 아래로 몸을 숨긴 채, 더그라는 이름이 적힌 실험복을 입은 숫양이 들어와 꽃이 핀 식물 쪽으로 오는 것을 지켜보았다. 그는 조심스럽게 꽃가루를 추출한 뒤 작은 파란색 페인트 볼 형태의 혈청 총알을 만들었다. 닉과 주디는 믿을 수 없다는 표정으로 쳐다보았다.

더그의 휴대폰이 울렸다. 그는 휴대폰을 귀에 댔다. "네? 표적이 누구라고요? 사하라 광장에 있는 치타. 알겠어요." 더그는 총알을 총에 장전하고 격발 장치를 당겼다. 그의 뒤쪽에 있는 벽에는 다양한 동물 표적의 사진이 붙은 지도가 걸려 있었다. "네, 빠른 건 아는 데 맞춘다니까. 이봐요, 내가 움직이는 차의 열린 창문 안의 작은 수달도 맞췄다고요." 그가 말했다.

주디와 닉이 시선을 교환했다. 갑자기 모든 것이 명확해졌다. 지도에는 실종된 동물들 사진이 모두 있었다. 숫양이 밤의 울음꾼에서 추출한 혈청을 그들에게 쏴서 야수로 만든 것이 틀림없었다.

"네, 끝나면 연락드리죠. 아니면 뉴스에서 확인하시든가요. 어떻게든 알게 될 겁니다."

쾅! 쾅! 두 마리 숫양이 문을 두드렸다.

"이봐, 더그, 문 열어." 숫양 중 하나가 말했다.

더그는 전화를 끊고 그들을 들어오게 했다.

쾅! 바로 그 순간 갑자기 주디가 더그의 등을 발로 차 숫양들 쪽으로 넘어트렸다. 숫양들을 문 반대편에 둔 채, 주디는 문을 잠가 그들을 들어오지 못하게 했다.

"지금 뭐 하는 거야?" 닉이 소리쳤다.

숫양들은 밖에서 열차를 둘러싸고 주먹으로 문을 쾅쾅 쳤다.

"이 증거를 주토피아 경찰서로 가져가야 해." 주디가 말했다.

"알겠어, 챙겼어." 닉이 케이스를 챙기며 말했다.

"아니, 이거 전부 다." 주디가 씩 웃으며 말했다.

"잠깐만, 뭐라고? 이제 네가 기관사라도 된 거야? 잘 들어, 이

낡은 고철 덩어리가 움직이려면 기적이 필요하다고."

주디는 열차의 엔진을 켰다. 차량이 움직이기 시작했다.

"오, 할렐루야." 닉이 졌다는 듯 말했다.

열차는 속도를 내며 선로를 질주했다. 마침내 닉도 웃을 수 있었다.

"임무 완료. 작은 승리의 뛰뛰를 하기에는 너무 이른가?" 닉이 열차 경적을 가리켰다.

"좋아, 한 번만 뛰뛰 하기다." 주디가 말했다.

뛰! 뛰! 닉은 기쁘게 기차 경적을 울렸다.

쾅! 숫양 중 하나가 차량 문을 열고 안으로 들이닥쳤다. 닉과 주디가 그를 밀어내려고 애쓰는 동안 열차가 점점 느려졌다. 닉이 겨우 문을 닫았지만, 숫양은 계속해서 문에 쾅쾅 부딪쳤다.

쾅! 쾅! 쾅! 다른 숫양이 이번엔 앞 유리창에 나타나더니 머리로 창문을 박았다. "우박이 떨어지나?" 닉이 농담했다.

쾅! 숫양이 마침내 앞 유리를 뚫고 들어와 주디를 밖으로 밀어냈다. 차량은 계속해서 선로를 따라 달렸다. 주디는 숫양의 뿔을 잡았다.

"속도 높여! 닉! 더 빨리 달려!" 주디가 소리쳤다.

"미쳤어? 다른 열차가 오고 있잖아!"

"날 믿어! 속도 올려! 더!"

기차들이 서로 충돌하기 직전, 주디는 발로 숫양을 선로 전환 레버 쪽으로 찼다. 덕분에 그들이 타고 있던 열차가 선로를 바꿨다.

그 후 열차가 선로를 이탈하면서 주디와 닉은 승강장으로 뛰어내렸다. 열차는 폭발했고, 밤의 울음꾼을 포함한 모든 증거가 새카맣게 타 버렸다.

"모든 게 사라졌어. 모든 증거를 다 잃었어." 주디가 말했다.

닉은 총과 혈청 총알이 든 케이스를 들어 보였다. "맞아, 이것만 빼고."

26장

닉과 주디는 지하철에서 계단으로 올라와 텅 빈 자연사 박물관을 달렸다. 여길 통해 경찰서로 갈 셈이었다. 주위에는 주토피아 진화의 역사를 보여 주는 조각상과 전시품들이 있었다.

"저기 있다!" 주디가 말했다. 박물관 출입구 사이로 주토피아 경찰서가 보였다.

"주디! 주디!" 누군가 주디를 불렀다.

둘은 멈춰서 뒤를 돌아보았다. 그곳에는 벨웨더가 양 경찰 둘과 함께 서 있었다.

"벨웨더 시장님! 무슨 일이 일어났던 건지 알아냈어요. 누군가 포식자들에게 혈청 총알을 쏘아서 그들을 야수로 만들고 있어요." 주디가 말했다.

"정말 자랑스러워요, 주디. 엄청난 일을 해냈군요." 벨웨더가 손뼉을 쳤다.

"감사합니다, 시장님… 근데 우리 위치를 어떻게 아셨죠?" 주디가 물었다.

"그 가방을 내게 주세요, 당장." 벨웨더가 말했다.

벨웨더의 행동에서 이상한 점을 발견한 주디는 의심스러워졌다. "있잖아요? 그냥 닉하고 제가 경찰서로 직접 가지고 갈게요…."

주디는 돌아서려 했지만, 양들이 길을 막아섰다. 왜 벨웨더는 그들을 못 가게 막는 걸까? 갑자기 모든 게 명확해졌다. 벨웨더가 바로 처음부터 이 모든 일의 배후에 있었던 것이다! 그래서 그들이 어디에 있는지도 알고 있었던 거다. 주디는 닉에게 신호를 보냈다. 그리고 둘은 복도를 따라 황급히 달아났다. 벨웨더가 소리쳤다. "잡아!"

주디와 닉은 최대한 빨리 경찰서를 향해 달리다 주디가 어깨 너머로 힐끗 뒤를 돌아보았다. 그 바람에 앞에 튀어나와 있던 털 매머드의 엄니를 보지 못하고 그대로 부딪혀 버렸다. 거기에 다리를 베이면서 넘어진 주디는 아파서 비명을 질렀다.

"홍당무!" 닉이 외쳤다.

닉은 급하게 주디에게 달려갔다. 다리에서 피가 심하게 나고 있었다. 닉은 주디를 기둥 뒤로 데려갔다. "나한테 기대, 가자. 괜찮아. 숨 좀 돌리자." 닉의 주머니에서 블루베리 몇 알이 굴러 나왔다. "블루베리?" 닉이 주디에게 하나 내밀며 물었다.

"됐어." 주디가 말했다.

"이리 나와요, 주디!" 벨웨더가 불렀다.

"케이스를 가져가." 주디가 닉에게 케이스를 건네며 속삭였다.

"보고 서장님께 전해 줘."

"널 혼자 남겨 두곤 안 갈 거야. 절대 그런 일은 없어." 닉이 말했다.

"못 걷겠어." 주디가 말했다.

"어떻게든… 방법을 생각해 보자." 닉이 말했다.

"우린 같은 팀이잖아요, 주디!" 벨웨더는 주디를 항복시키려 애썼다. "과소평가 당하고, 제대로 인정받지 못하고." 벨웨더는 말을 이어 갔다. "정말 지겹지 않나요? 포식자들은 강하고 시끄럽지만, 우리랑 숫자를 비교하면, 10 대 1밖에 안 돼요. 생각해 봐요. 주토피아의 90퍼센트인 우리들이 힘을 합쳐 공동의 적과 맞서는 거예요. 누구도 막지 못할 거예요."

벨웨더는 벽에 긴 토끼 귀 그림자를 발견하고는 양에게 손짓했다. 하지만 양들이 덮친 것은 미라가 된 재카로프(뿔 달린 토끼 모습을 한 북미의 신화 속 동물－옮긴이)였다. 주디와 닉은 필사적으로 도망쳤다.

"저기 있다!" 벨웨더가 소리쳤다.

쾅! 양 한 마리가 그들에게 부딪혀 닉의 손에서 상자를 떨어트렸다. 그러곤 둘을 가운데가 푹 파인 디오라마로 보냈다. 벨웨더가 위쪽 가장자리에 서서 둘을 내려다보았다.

"날 어떻게 할 거지? 죽일 건가?" 주디가 물었다.

"물론 아니죠… *그가* 죽일 거예요." 벨웨더는 닉을 가리키며 말하고는 케이스에서 총을 꺼내더니 닉을 겨냥했다. *푹!* 혈청 총알이 닉의 피부에 박혔다.

"안 돼! 닉!" 주디가 비명을 질렀다.

닉은 몸을 떨기 시작하더니 이내 웅크렸다. 그때 벨웨더는 재빨리 전화를 걸었다.

"네, 경찰이죠. 자연사 박물관에 야수가 된 여우가 있어요. 홉스 경관이 당했어요! 빨리 와 주세요!" 벨웨더는 휴대폰에 대고 이렇게 말했다.

주디는 디오라마에서 나갈 방법을 찾아보았지만, 방법이 없었다. 닉은 이제 네 발로 기어다니기 시작했다. 마치 야수처럼 보였다. "안 돼. 닉, 제발 이러지 마! 이겨내야 해."

"오, 하지만 그도 어쩔 수 없어, 그렇지? 포식자들은 *생물학적*으로 야수 본능을 가졌거든."

닉은 포식자처럼 주디를 쫓으며 공격하려 했다. 주디는 속수무책으로 절뚝거리며 도망가야 했다.

"멋져, 이런 기사가 실릴 거야. 영웅 경찰, 야수가 된 여우에게 당하다." 벨웨더는 마음에 쏙 드는 듯 말했다.

"그래서, 이게 다야? 초식동물이 포식자를 두려워하게 만들어서 권력을 잡는 거?" 주디가 물었다.

"그래 맞아." 벨웨더가 말했다.

"그렇겐 안 될 거야." 주디가 말했다.

"공포는 항상 통하지. 그리고 나는 주토피아의 모든 포식자에게 혈청을 쏠 거야. 그럼 내 자린 영원하겠지."

닉은 으르렁대며 주디를 궁지로 몰았다.

"잘 가라, 토끼야." 벨웨더가 말했다.

닉이 주디에게 덤벼들었다. 벨웨더가 미소 지었다.

"피, 피, 피다! 난 죽었어." 주디가 소리쳤다.

벨웨더는 완전히 어리둥절한 표정으로 아래를 내려다보았다.

닉은 일어서서 주디를 일으켜 세웠다.

"좋아, 있잖아. 엄살 부리지 마, 게다가 우리가 증거를 잡은 것 같아. 해냈어. 우리가 해냈다고. 거기 위, 정말 고마워 쫑알쫑알 아름답게 다 말해 줘서." 닉이 말했다.

"뭐라고?" 벨웨더는 상황을 파악하려 애썼다.

닉은 혈청 총알을 들어 올린 다음, 총을 가리켰다. "맞아, 아, 혈청 총알을 찾고 있어? 그렇다면 그건 바로 여기 있어."

"당신이 갖고 있는 총에 든 건 블루베리야. 우리 가족 농장에서 키운." 주디가 말했다.

"정말 맛있어, 좀 먹어봐."

닉이 그의 손가락을 쪽쪽 빨았다.

벨웨더는 총 탄창에 블루베리가 있는 것을 보았다.

"라이언하트에게 누명을 씌운 것처럼, 너희도 엮을 수 있어! 내 말에 대한 증거는 없거든!" 벨웨더가 화난 목소리로 말했다.

닉은 벨웨더가 볼 수 있도록 당근 펜을 높이 들어 올렸다.

"오, 어쩌나… 사실은." 주디가 먼저 말했다.

닉이 펜의 버튼을 누르자 벨웨더의 목소리가 흘러나왔다. "나는 주토피아의 모든 포식자에게 혈청 총알을 쏠 거야. 그럼 내 자린 영원하겠지…."

"…네 말에 대한 증거가 있었네." 주디가 말했다.

주디와 닉은 서로를 바라보며 웃었다. "이게 바로 뒤통수치기야, 아가씨." 둘은 동시에 말했다.

27장

다음 날, 모든 뉴스 채널에서는 주황색 죄수복을 입고 감옥으로 끌려가는 벨웨더의 모습을 방송으로 내보냈다.

"전 시장, 던 벨웨더가 오늘 구속되었습니다. 그녀는 최근 주토피아를 뒤흔든 야수 습격 사건의 배후로 유죄를 선고받았습니다." 뉴스 아나운서가 말했다.

다음 장면에서는 라이언하트 시장이 교도소에서 나오는 모습을 보여 주었다.

"벨웨더의 전임자였던 리어도어 라이언하트는 그녀의 음모에 대해 몰랐으며, 시를 보호하려 했을 뿐이라고 주장했습니다." 아나운서가 이어서 소식을 전했다. "한 기자가 라이언하트를 교도소에서 인터뷰했습니다."

"제가 그들을 억지로 가뒀다고요? 오, 네, 그랬죠. 그랬습니다. 그건 선을 위해 악을 행하는 그런 시나리오였습니다. 무슨 뜻인지 아시겠죠, 고양이 기자님?"

"아니요. 아뇨, 모르겠습니다." 기자는 무표정하게 대답했다.

이어, 뉴스 스튜디오에서 아나운서가 계속해서 다음 소식을 전했다. “관련 소식입니다. 의사들은 밤의 울음꾼 치료제가 중독자들의 치료에 효과가 있다는 것이 입증되었다고 말했습니다.”

오터톤 씨가 병원에서 깨어나자, 그의 아내는 남편을 꼭 안았다. 주디도 그곳에서 둘을 지켜보며 환하게 웃었다.

“고마워요.” 오터톤 부인은 고마운 마음을 담아 말했다.

몇 달 후, 주디는 주토피아 경찰학교 졸업생들에게 졸업 축사를 하기 위해 자랑스럽게 연단에 올랐다.

“제가 어렸을 때, 저는 주토피아가 완벽한 곳이라고 생각했습니다. 모두가 사이좋게 지내고, 누구나 무엇이든 될 수 있는 곳이라고요…. 하지만 현실은 자동차 범퍼 스티커에 적힌 슬로건보다 조금 더 복잡하더라고요. 실제 삶은 복잡하기 짝이 없어요. 우린 모두 단점이 있고, 실수를 저지르죠. 하지만… 긍정적으로 생각해보자고요! 우리 모두에겐 공통점도 많아요. 서로를 이해하려고 하면 할수록, 우리들은 더 특별해질 것입니다. 그러나 노력해야 합니다. 당신이 어떤 종류의 동물이든, 그게 큰 코끼리든, 최초의 여우 경찰이든 말이죠. 여러분께 부탁드립니다. 노력하세요. 변화를 만들기 위해 노력하세요. 세상을 더 나은 곳으로 만들기 위해 노력하세요. 자신의 내면을 들여다보세요. 그럼 알게 될 거예요. 변화의 시작은 당신이고, 변화의 시작은 나이고, 변화의 시작은 우리 모두라는 사실을요.”

닉은 무대로 나갔다. 그리고 가슴을 쭉 펴고 주디 앞에 당당하게 섰다. 주디는 그에게 배지를 달아 주었다.

군중이 열광적으로 박수를 보냈고, 졸업생들은 모자를 하늘 높이 던졌다.

"됐어! 그만! 조용히 해!" 보고 서장이 말했다.

주디와 닉도 사무실의 다른 경찰들 사이에 자리 잡았다. 보고 서장이 앞에 서서 지시를 내렸다.

"오늘 아침, 새로 신참들이 배치되었다. 그 중엔 최초의 여우도 있지. 하지만… 난 관심 없다."

"그 말을 응원 문구 카드로 만들면 딱 맞겠어요, 서장님." 닉이 이죽대며 말했다.

"그 입 닫아, 와일드." 보고 서장은 각자 임무를 알려 주기 시작했다. 마침내 닉과 주디의 사례가 되었다. 둘은 간절히 기다렸다.
"홉스, 와일드… 스컹크 프라이드 퍼레이드. 해산."

"재밌네, 재밌는 분이야." 닉이 말했다.

"퍼레이드 임무는 주차 단속보다 한 단계 올라간 거야." 주디가 말했다.

보고 서장은 웃을 듯했지만… 웃지 않았다.

28장

"그래서, 원래 토끼는 운전을 못 하는 거야 아니면 너만 못 하는 거야?" 닉이 물었다.

주디는 브레이크를 급하게 밟았다. 그 충격으로 닉은 앞으로 튕겨 나가며 실수로 발바닥 하드를 얼굴에 발라 버렸다.

"어머, 미안해." 주디가 말했다.

"교활한 토끼." 닉이 얼굴을 닦으며 말했다.

"바보 여우." 주디가 말했다.

"왜 이래, 날 사랑하잖아." 닉이 말했다.

"정말 그럴까? 그래. 그래 맞아."

주디와 닉은 서로 마주 보며 웃었다. 그때 갑자기 개조된 빨간색 스포츠카가 시속 160킬로가 넘는 속도로 그들을 지나쳤다. 둘은 더 환하게 웃었다. 그리고 닉이 사이렌을 울렸다. *부웅! 부웅!* 주디가 페달을 세게 밟으며 출발했다. 둘은 공중으로 튀어 오르며 빠르게 스포츠카를 추격했다.